しっぽり隠れ宿

庵乃音人
Otohito Anno

紅文庫

目次

しっぽり隠れ宿

装幀　内田美由紀

序章

「それじゃ、義兄《にい》さん……」

「ああ、お疲れ様」

義妹の西山春海《にしやまはるみ》が、愛くるしい笑顔を見せてあいさつをした。広瀬豊《ひろせゆたか》は春海をねぎらって、厨房《ちゆうぼう》から送り出す。

春海は仲居が着る着物姿だった。広瀬は料理人の制服である和帽子に七分袖《しちぶそで》の白衣、白いエプロンに白いズボンといういつもの姿である。

支配人兼料理長として、広瀬は小さな宿「海鳥亭《うみどりてい》」を経営していた。

春海はF県Q市にあるその宿の、たった一人の常駐スタッフとして仕事を手伝ってくれている、亡き妻のたった一人の妹だ。

「それにしても、よく降るな」

広々とした厨房に一人になった。広瀬は片づけを続けながら天を仰ぐ。

昼すぎから降り出した雨は、ときとともに激しさを増していた。こんな夜更けになっても、狂ったようにずっと屋根をたたいている。

いつもなら、夢幻の趣で潮騒《しおさい》の響きが聞こえていた。しかし今夜は、残念ながらそれも届かない。日本海の広大な海は、すぐそこにあった。

「市場に出かける時間には、やんでいてくれるといいんだが」

明日早朝の買い出しを思うと、憂鬱《ゆううつ》な気分になった。天気がよかろうが悪かろうがやることは同じだが、雨より晴天に越したことはない。

「に、義兄さん！」

（えっ）

広瀬はギョッとした。春海らしき声が、玄関ホールから聞こえてくる。

「板長……板長！」

（おいおいおい）

どうやらアクシデントが発生したようだ。取り乱した春海の声が、雄弁にそれを伝えている。

慌てた広瀬は厨房を飛び出した。廊下に出る。玄関ホールまでまっすぐに、長い廊下が延びていた。見れば春海は、玄関口に膝《ひざ》立ちになっている。

広瀬は目を見開いた。誰かが三和土《たたき》に、うつ伏せに倒れている。

ガラスの嵌《は》められた格子戸が開いたままになっていた。その人は、玄関の格子戸から倒れこむ形で、三和土に身を投げ出している。

激しい雨がその人の下半身をたたき、風とともに、宿の中にも吹きこんでいた。

広瀬は玄関に向かって駆け出す。

心配そうに表情を引きつらせたまま、春海がオロオロしていた。

倒れているのは、女性のようである。背中まで届くストレートの黒髪が、ぐっしょりと濡れていた。

こいつはただごとではない——浮き足立ちながら駆け寄ると、春海が急いで場所を譲った。広瀬は三和土に降り、

「大丈夫ですか。あ、あの」

突っ伏す女性を仰向《あおむ》けにし、ぐったりした身体を抱き起こした。

(えっ)

女性の顔を見たとたん、不覚にも広瀬は心臓を打ち鳴らす。

血の気が引いているせいもあったろうか。女性の肌は抜けるような白さだった。

卵形の小顔に生気はなく、苦しげに瞼《まぶた》が閉じられている。

楚々《そそ》とした和風の面差しだった。

年のころは、三十二、三といったところか。目を閉じているのをいいことにし

げしげと見れば、目鼻立ちの整ったなかなかの美人だ。

雛人形《ひなにんぎょう》を思わせる顔立ちに、不意をつかれた。そんな自分にとまどいながら、

「しっかりしてください。大丈夫ですか」

広瀬はそっと、美しい熟女の身体を揺さぶる。

黒い丸襟ニットに、白い膝丈スカートという組み合わせだった。ニットの上から黒いコートを羽織り、ライトブルーのストールを巻いている。

……たゆん。たゆん、たゆん。

(ううっ)

開いたコートの合わせ目から、ニットのセーターがのぞいていた。

その胸もとは、思いもよらないボリュームだ。たわわなおっぱいが、はちきれんばかりの迫力で黒いニットを盛りあげている。

ズシリと重たげな双乳は、介抱しようと広瀬が動くたび、そんな彼をからかうように、たっぷたっぷと重たげに弾んだ。

(い、いかんいかん。見るな、ばか)

量感たっぷりの豊乳に、視線が吸着しそうになった。広瀬は慌てて視線をそらす。そんな彼の視界に飛びこんできたのは、雨に濡れたスカートをべっとりと吸

いつかせた、これまたかなりエロチックな太腿《ふともも》の眺めである。

（ああ、腿のラインが、こんなにくっきりと）

広瀬はつい、熟女の太腿を凝視した。

手も脚もすらりと長く伸びやかで、一見した感じではとてもスタイルがいいように見える。しかしたわわなおっぱいも、健康的な太さを見せつける太腿も、この女性がスタイルのよさと同時に、むちむちと肉感的な健康美も持つ女性であることを物語っている。

スカートを吸いつかせた太腿は、息づまるほどのもっちり感だ。たっぷりの肉と脂肪の存在を、スカートの布ごしだというのに伝えてくる。

スカートから投げ出された脹脛《ふくらはぎ》のラインも官能的だった。

肌とおんなじ色をしたパンティストッキングを穿《は》いている。足首はキュッと細まって繊細な趣なのに、ふっくらと盛りあがる脹脛のまるみには、ゾクッとくるような色香があった。

それにしても、スカートがかなり濡れている。二つの太腿に張りついた布は、股間の谷間にもじっとりと吸いついていた。

（見るな。見ちゃだめだ）

スカートの布が強調する股《また》のつけ根の窪《くぼ》みから、意志の力で視線を引き剝《は》がした。いったい俺はどうしてしまったんだと激しくうろたえる。

見知らぬ女性をジロジロと、こんなふうに我を忘れて見てしまうだなんて、はっきり言って経験がなかった。

今でもずっと、三年前に失った妻の美和《みわ》ひと筋のはずなのに、今夜の自分はどうかしている。

「う……うう……」

(あっ)

そのときだった。腕の中で、行き倒れの熟女がかすかに呻《うめ》く。

「だ、大丈夫ですか」

ぐったりとした美女をかかえ直し、もう一度声をかけた。

熟女がわずかに瞼を開く。

(ああ……)

どろりと瞳が濁り、その焦点はまったく合っていなかった。だが美麗な瞳は、ここまでもがしっとりと雨に濡れたのかと思うほど色っぽく潤んで、湖水のように輝いている。

――なんてきれいな人だ。

広瀬は改めて心が震えた。

そんな自分に動揺しながら、形のいい額にそっと手を当てる。すごい熱だった。

美しさや色っぽさに心を奪われ、ドギマギしていていい状況ではない。

「い、板長」

「ああ、春海ちゃん、すぐ救急車――」

美熟女を抱きかかえたまま、春海に指示を出そうとした。

だが、そんな広瀬の言葉は途中で止まる。

熟女に腕をつかまれた。広瀬は驚いて彼女を見る。

美しい熟女は柳眉《りゅうび》を八の字にして「だめ……」というようにかぶりをふった。

「えっ……」

広瀬は熟女を持てあまし、彼女を抱いたままフリーズした。

激しい雨が軒を打った。

思いがけない小さな宿の物語は、こうして突然、その幕を開けた。

第一章　美人占い師の誘惑

1

「なにか手伝うこと、ありますか」

天真爛漫《てんしんらんまん》な笑顔とともに、春海が厨房に入ってくる。

広瀬はそんな義妹にあいさつを返し、慣れた手つきでてきぱきと宿泊客たちの朝食の用意をした。

「いや、こっちは大丈夫。もし、よければ――」

「お風呂はもうチェック、終わりました。じゃあ、洗い物を手伝います」

こういうことを阿吽《あうん》の呼吸というのかもしれない。

春海もこれまたいつもと変わらぬ俊敏な物腰で、自分から仕事を買って出て、汚れた器や調理道具などを洗いはじめる。

「悪いね」

「ううん、ぜんぜん」

蛇口を捻《ひね》って水を流しながら、春海は明るく笑った。二人は無言でそれぞれの仕事を黙々と進める。

穏やかな波音が、しのびやかなBGMのように届いていた。

春海と二人、こんな生活をするようになってそろそろ三年になる。満足な給料も出せていないというのに、本当によくやってくれていた。

(本当にありがとう、春海ちゃん)

洗い物をはじめた義妹の後ろ姿をチラッと見た。広瀬は朝食の準備を続ける。

春海は今年、二十八歳。

おっぱいはそこそこ大きめだが、それ以外はすらりと細い、モデルのような体形をしている。寡黙で大人しかった妻の美和と比べると、快活で陽性なところもある。

顔立ちも、どこか弱々しげな美人だった亡き姉に比べると、可憐《かれん》な愛くるしさを感じさせる、キュートな美貌《びぼう》の持ち主だ。

アーモンドのような形をした目がほどよく吊《つ》りあがり、すらりと鼻筋が通っている。ふわふわとやわらかなウエーブを描く栗色《くりいろ》の髪は、かつては背中まであったが、今の仕事をするようになってからは肩のあたりで毛先を躍らせるようになった。

このほうが手入れが楽だからと春海は笑ったが、そんな髪型にされるとどうしても亡き妻を思い出してしまい、広瀬が密《ひそ》かにせつなさを堪《こら》えていたのも、じつは偽らざる事実である。

そんな春海もひとつきほど前に、長いことつきあっていた幼なじみの恋人からついにプロポーズを受けていた。

返事はまだしていないようだが、早めにここから解放してやらなければならないなと思いながら、広瀬は彼女の後任をどうするかという頭の痛い問題にも悩まされていた。

それはともかく、海鳥亭の昨夜の宿泊客は計三組。

そういうと、なんと少ないのかと思われるかもしれないが、じつは満員御礼だ。広瀬の営む宿は、全三室しかないとても小さな宿なのだ。

泊まっているのは東京の人気占い師だという三十九歳の女性と、本日チェックアウト予定の三十代の女性二人連れ。そしてもう一人は、正確にいえば客ではない。行き倒れのように飛びこんできた、名前もわからない例の美熟女だ。

広瀬は占い師と女性二人連れには通常の朝食を用意し、まだ床に伏せっている熟女には、昨日に続いておかゆを用意してやった。

ずぶ濡れの彼女が突然舞いこんできてから、すでに二日が経《た》っている。

昨日も一日、春海と二人でできる限り介抱をしたが、なかなか熱はさがらなかった。食欲もなく心配したが、夜になると朝や昼より、胃袋に流しこめるおかゆの量がいくらか増えた。

あれからひと晩寝たことだし、今日はずいぶんよくなっているのではあるまいか。

「よし。春海ちゃん、よろしく」

三組分の朝食をすべてしあげた。これから春海と、手分けをして配膳作業である。

「はぁい。わあ、今日もおいしそうですね」

急いで手を拭《ぬぐ》いながら、春海は用意の調った膳を運びはじめた。

健康に心配のない二組には、おいしいコシヒカリと塩鮭《しおざけ》にだし巻き、野菜の煮浸しに豆腐の味噌汁《みそしる》。大豆の旨味《うまみ》がやみつきになる、このあたりの名産品の油揚げや、同じく名産品のシソを使った自家製梅干しも自慢の逸品だ。

そして身体が快方途上の女性には、今朝は卵がゆを用意した。

「春海ちゃんは、さつきを頼む」

「わかりました。あ、さくらも私が運んでおきます」

「そうかい。頼む」

さつき、さくらというのは客室の名前である。

春海の返事を聞いた広瀬は、残るつつじの分の膳を運ぼうとした。つつじに泊まっているのは、人気占い師だという浅野詩麻子《あさのしまこ》という女性である。

詩麻子はかなり有名な占い師らしい。

一年ほど前からよく泊まりにきてくれるようになった常連の一人で、いつも決まって一週間、二週間と連泊してくれた。

四十路《よそじ》間近の癒《い》やし系な美貌はなかなかにコケティッシュで、その身体は年齢相応のムチムチ感に富んでいる。

とてもフランクな性格の熟女で、人なつっこくもあった。

長いこと連泊するのは、彼女を慕うこの地の信者を時間をかけてたっぷりと占ってやるのが理由であった。また詩麻子がきていると聞きつけたファンが連日この宿に押しかけては、彼女の泊まるつつじの間でアドバイスを受けては満足した様子で帰っていった。

「よっこらせっと。あたた。腰、痛い……」

「フフ、しっかり、義兄さん」

広瀬と春海はそれぞれの膳を手に厨房を出た。手慣れた様子の春海の所作は、流れるような美しさである。

海鳥亭はちょっと変わった造りの宿だ。

すぐそこに広大な日本海を見おろせる、小高い丘の上。鬱蒼とした、自然豊かな森を造成して造られている。

母艦となるのは、フロントや温泉施設、厨房や広瀬のプライベートスペースなどがある本館だが、そこに客室は一室もない。

全三室の客室は、本館の廊下から枝分かれするかのように伸びる長い渡り廊下の先に、それぞれが独立した離れ家として設けられている。

三つの離れ家は森の中にひっそりと建つように造られ、互いにほかの客室を気にする必要はない。つつじとさくらからは美しい海の眺めを一望できるが、さつきだけは立地の関係で、周囲をすべて木々の緑に囲まれている。

この宿は、料理人として都会で修行を積んだ広瀬が、亡き妻の美和とともに日本海沿岸の海辺の町に、十年前に出した隠れ家のような宿だった。

この地は美和と春海の故郷であり、さらに言うなら宿の敷地も、美和たちの実家が所有する土地に建てられている。

今は亡き美和とは修行中に知り合い、恋に落ちた。美和もまた彼の働くホテルに勤務していたことが縁となった。

だが美和は、もともと身体があまり丈夫な女性ではなかった。

もしかしたら、無理をさせてしまったせいもあったかもしれない。今から三年前に病気をこじらせ、呆気《あっけ》なくこの世を去った。

美和が三十五歳、広瀬が不惑を迎えた、紅葉が満開の季節の出来事だった。

(さあ、急げ急げ)

膳を両手に持ち、渡り廊下を急いだ。

きらめく朝の日差しが、深い森の中にまで気持ちいいほど射しこんでいる。

季節はまだ三月初旬。ピリッとしてはいるものの、一昨日の激しい雨が嘘《うそ》だったかのような好天だ。波の音も気持ちがいい。

海鳥亭の経営は、順風満帆とは言いがたい。三室しか客室がないにもかかわらず、常に満室とはなかなかいかず、閑古鳥が鳴く日も少なくなかった。

だが、一度この宿を訪れた客は、みな広瀬の真心がこもった料理と、隠れ家然とした宿のよさの虜《とりこ》になり、熱心なリピーターが多いのもまた事実だった。

表立ってPRするのは憚《はばか》られるが、人目をしのんだ男女がこっそりと訪れる宿としても、密かな人気を獲得していた。

愛想こそあまり自信はないが、広瀬は春海に助けてもらいながら、なんとか必死になって宿を切り盛りしている。

今でも美和を思って抜け殻のようになってはいたが、そんな自分を必死になって奮い立たせ、亡き妻が自分たちの子供のように愛し、遺《のこ》していったこの宿をなんとか盛り立てようと、額に汗して働きつづけてきたのである。

「おはようございます。ご朝食をお持ちしました」

つつじの間までできた広瀬は元気な声であいさつをした。

すると中からは、占い師の詩麻子がのんびりとしたトーンで「はーい」と広瀬に返事をした。

2

「本当に、いろいろとありがとうございました……」

さくらの間に出向いた広瀬に、美熟女が申し訳なさそうに頭をさげたのは、朝食後のことだった。

配膳をした春海から、熟女があいさつをしたいと言っていると聞かされ、改めて彼女のもとを訪れたのである。

「お熱のほう、いかがですか」

入口近くの畳に端座したまま、広瀬は熟女に聞いた。病みあがりの美女は恐縮したようにまたも深々と頭をさげる。

「おかげさまで、ようやくもう少しで三十六度台に。感謝してもしきれません」

恐縮する声には、まだ力がなかった。

だが、たしかにずいぶんとよくなったようだ。彼と目が合い、恥ずかしそうに微笑《ほほえ》む美貌には、だいぶ健康的な血色が戻っている。

一昨日の夜、救急車を呼ぼうとした広瀬を熟女が制止した。

そして「ひと晩だけでいいです。どうか泊めてください……」とか細い声で懇願し、ふたたびがっくりと意識を失ってしまったのであった。

結局二晩かかったが、広瀬は「よかった」と胸を撫《な》でおろす。一時はどうなるかと思ったけれど、ここまで熱がさがったのならもう大丈夫だろう。

やれやれと、見るともなしに客室の中を見た。

三つの客室は、どれもほぼ同じような造りである。

玄関の格子戸を開けると、踏みこみがあった。

その向こうに十二畳の客室があり、さらにその奥に広縁がある。広縁の窓ガラスの向こうには、丹精して造られた日本庭園の眺めがひろがっていた。

また、広縁の端には洗面と脱衣のスペースがあり、その奥は浴室になっている。

だが残念ながら、客室の風呂は温泉ではない。そのため、宿泊客はほぼみんな、本館にある大浴場に出向いて天然温泉を楽しんでいた。

まさか、すぐにでも出ていくなどとは言わないだろう。できることなら自慢の共同浴場で、この人にもゆっくりとくつろいでいってもらいたいと思う。

「自己紹介が遅くなってしまって……あの、加納《かのう》といいます……」

熟女は折り目正しい挙措で頭をさげた。

「加納さん」

「はい。加納凜子《りんこ》です。××町で小さな小料理屋を営んでいます」

「そうでしたか」

××町はこのあたりから車で四、五十分ほどの場所にある内陸部の町だ。

そこそこ大きな繁華街もあり、閑散とした場所の多いこの地区では人口密度も高い街のひとつである。

(凜子さんか。いい名前だ)

広瀬は何度も、聞いたばかりの名を頭の中でくり返した。

まだ平熱でこそないものの、生気の戻ってきた楚々とした美貌は、いかにも大和《やまと》撫子《なでしこ》然とした、凜とした気高さを感じさせる。

凜子は布団の中で上体を起こし、こちらに顔を向けていた。

宿の浴衣に身を包んでいたが、その胸もとは相変わらずの豊満さで、広瀬はそこに吸いつきそうなおのが興味と視線を恥じた。

「でも……××町のかたが、どうしてこんな辺鄙《へんぴ》なところまで」

広瀬はこほんと咳払《せきばら》いをし、素朴な疑問を口にした。すると凜子は「あ、それは……」と、困ったように長い睫毛《まつげ》を伏せる。

「いろいろ事情はあるのですけど……あの、こちらの宿に……浅野詩麻子先生はまだいらっしゃいますか」

照れくさそうな顔つきで、凜子は広瀬に聞いた。

「あ、詩麻子先生。ええ、まだお泊まりになっていらっしゃいますよ」

広瀬がそう答えると、凜子はパッと清楚な美貌を輝かせる。

「そうですか。じつは詩麻子先生がいらっしゃると聞いて……もしよければ、私も先生にお力をお借りしたいと思って来てしまいました」

ふたたびはにかみ、いい歳をして恥ずかしいのですけど、と凜子は自虐的に言った。

「そうですか。でしたら、私のほうから後ほど先生にお伝えしておきます」

凜子も詩麻子ファンだったかと意外に思いつつ、広瀬は安請け合いをした。

詩麻子目当てで来てくれたのだとしたら、あの占い師にもお礼を言わなくてはならないなと、年がいもなく浮き立っている自分に気づき、広瀬はまたしても咳払いをする。

「それで、なんですけど……」

見れば布団の中で、凜子はぎこちなく居住まいを正した。

「あの、あなたは……」

「あ、私ですか。広瀬と申します。当旅館の支配人と料理長を兼任しています」

身分を明らかにしてほしいと求められた気がした広瀬は、背筋を伸ばし、改めて凜子に頭をさげた。

「広瀬さん……あの、もしよろしければなのですけど……」

凜子は言いにくそうに何度も逡巡《しゅんじゅん》し、ぽってりと肉厚な唇を噛《か》んで広瀬に言う。

「もう数日……二日か三日ほど、こちらでお世話になるわけにはいきませんか」

「えっ」

「もちろん、お代はお支払いします。今までの分も含めて。お部屋……空きはありませんか」

「あ……」

凜子の願いを聞き、胸が躍る。

「か、かしこまりました。それでは、ちょっと確認をしましてから、また改めてお返事いたします」

相好を崩してしまいそうな自分を懸命に制し、ビジネスモードの生真面目な表情のまま広瀬は応じた。

本当は、調べなくともわかっている。今のところ、三日といわず一週間だって受け入れ可能な状況だ。

「そうですか。お手数をおかけしますけど、お願いします」

そんな広瀬に恐縮したように微笑み、凜子はまた頭をさげた。

「承知しました。あ、そうそう。もしもお加減が完全によろしくなりましたら、ぜひ本館の天然温泉をお楽しみください。敷地内で自然湧出《しぜんゆうしゅつ》している温泉なんです。弱アルカリ性で、美肌効果も抜群ですよ」

広瀬がそう言うと、凜子が「ありがとうございます」とこれまでで一番の笑顔を見せた。

なんてかわいい顔をして笑うんだと、胸を締めつけられる。

そんな自分に、広瀬はとまどった。なんなんだ俺はとうろたえつつ、うれしそうに微笑む凜子の美貌から、どうしても目を背けられなかった。

3

「ああ、入って。板長さん、大変なことがわかっちゃった」

占い師をしている詩麻子の部屋を訪ねたのは、その日の午後のことだ。

午前中に、凜子の希望を伝えようとして訪ねたところ、午後のこの時間を指定され、改めてやってきたのである。

「大変なことですか」

「ええ、そう。ほら、襖《ふすま》を閉めて。こっちへきて」

入口付近に正座をした広瀬を、詩麻子は手招きをして呼んだ。

部屋のまん中に卓袱台《ちゃぶだい》を出し、一人でお茶を飲んでいる。台にはノートがひろげられていた。

詳しいことはわからないが、詩麻子が専門とする占術のメモ――十干や十二支、見慣れない言葉などがびっしりと書き連ねられているようだ。

「先生、恐縮ですが、午前中もお伝えした、さくらの間のお客様の件……」

広瀬は請じ入れられるがまま、部屋の中央に進みながらおうかがいを立てた。

「大変なこと」というのも気になるが、まずは凜子のことである。

すると、詩麻子は「ええ、ええ」と何度もうなずく。

「大丈夫よ。私でよければ見させてもらいます。これ、こちらの空いてる時間」

そう言って、手にしたメモを広瀬に渡した。

卓袱台の向かいに座り、手を伸ばす。受け取って見ると、ここ数日間の鑑定予定と空き時間がひと目でわかるように手書きでリスト化されていた。

「ありがとうございます。それでは、さくらの間のお客様にも、その旨伝えさせてもらいます。その結果はまた後ほど」

広瀬は詩麻子に感謝し、畳に手をついてこうべを垂れた。詩麻子は「フフッ」と色っぽく笑う。

「だから、そんなに四角四面な態度を取らなくてもいいんだってば、板長さん。しゃっちょこばってると、せっかくの色男が台なしよ」

「な、なにをおっしゃいますか……」

いつものことだが、今日もまた軽口をたたかれた。卓袱台に頬杖《ほおづえ》をついてこちらを見る熟女は、またも「ンフフ」と妖艶《ようえん》に微笑む。

リラックスした、宿の浴衣姿だった。えっ、と広瀬は動揺する。

まさか、わざとということはないだろう。浴衣の胸の合わせ目が幾分しどけなく開きぎみだった。そのせいで、豊満な胸の谷間の線がくっきりと色濃く走っているのがばっちり見える。

浴衣の布を押しあげて、迫力たっぷりに盛りあがるおっぱいは、たぶん百センチ近くはあるはずだ。凜子も相当な巨乳だが、おっぱいの大きさだけで言うならば、軍配は軽く詩麻子にあがる。

笑うと両目が柔和に垂れる、癒やし系の美貌を持つ女性であった。まるっこい鼻やぽってりと肉厚な唇にも、艶《なま》めかしい色香を感じさせる。

むちむちと肉感的な身体は今がさかりと熟れまくり、どこもかしこもやわらかそうだ。しかしおっぱいのやわらかさは、やはり身体のどの部分より強烈そうである。

「こ、こほん。えっと……」

なんだかこのごろ、いささか調子が狂いぎみだ。

一昨日の晩、凜子と突然出会ってから女体に対するアンテナがやけに感度をあげている気がする。

「それで、あの……先生、大変なことっていうのは」

広瀬はひとつ咳払いをしてから、眉《まゆ》をひそめて詩麻子に聞いた。

「そうそう。それね。もうびっくりしちゃったわよ、私」

自分から話題にしておきながら、よくぞ聞いてくれたとばかりに大袈裟《おおげさ》な態度で詩麻子は言った。

「びっくりしないでね、板長さん」

「は、はい」

「あなたと私……前世でも縁があったの」

「は」

「もう、いやんなっちゃう。それで納得できたのよ、いろいろなことが」

パラパラとノートをめくり、詩麻子は断定する口調で言った。

その顔つきは、まさに大発見をしたという感じで一気に昂揚《こうよう》している。

だが一方の広瀬はと言えば、いったいこの人はなにを言い出したのかと、正直きょとんとするばかりだ。

たしかに数日前、詩麻子に乞《こ》われて自分の生年月日を伝えていた。どうやら詩麻子は広瀬の誕生日をひもといて、前世云々《うんぬん》という結論に達したようである。

前世でも縁があった……だから今生でも、こんなふうに知り合えたということなのか。そう言われたら「なるほど、そうですか」と言うしかないが、逆に言うならその程度の感慨しかない。

そもそも野暮天で鳴らす広瀬は、占いに積極的な興味はなかった。

信じる人にケチをつける気など毛頭ないが、赤字だ黒字だと生々しい数字と向き合う毎日は、いやでも広瀬をリアリストにした。

「そう。前世でも縁があった。でもって、ここからが肝腎《かんじん》なんだけど」

そんな広瀬の心の声も知らず、興奮した様子で詩麻子は言う。

「前世でね。あんたは私に惚《ほ》れちゃって困ったの」

「えっ」

「まったくもう……こっちは人妻だっていうのに、おかまいなしに攻めこんでくるんだから。ちっ」

「い、いや、先生、舌打ちをされましても……」

迷惑千万だったのよとでも言いたげなげんなりした調子で舌打ちまでされ、広瀬はとまどった。

(俺が詩麻子さんに惚れてた。おかまいなしに攻めこんだ?)

「それで、私は人生を狂わせかけたの。これでも前世では、由緒正しい直参旗本五千石の奥様だったのに。あんたは二十歳になったばかりの家来の若侍の分際で、主君の妻である私を手籠《てごめ》に――」

「あ、いや、詩麻子先生」

詩麻子は自分の言葉に、自分で興奮していた。熟れ美貌をほんのりと紅潮させ、つれない男でも睨《にら》むような顔つきになって、色っぽく広瀬を見る。

「そ、そんなことまでわかるんですか、占いって」

いきなり旗本五千石だの、あんたは家来の若侍のくせに私を手籠にだなどと言われても困る。広瀬は狼狽《ろうばい》しながら詩麻子に聞いた。

「わかるわよ。当たり前じゃない。私を誰だと思っているの」

憤然とした様子で詩麻子は胸を張った。

浴衣の胸もとを盛りあげるたわわなふくらみをこれ見よがしに突き出され、広瀬はまたしても視線をそらす。

「し、失礼しました……」

目を背けたまま、首をすくめて会釈した。

どうして前世のことで謝らなければならないのかとは思うものの、いつしか詩麻子ワールドに苦もなく搦《から》め捕られている。

「ということで」

すると、詩麻子がいきなりすっくと立った。乱れかけていた浴衣の裾《すそ》を丁寧に直す。内股ぎみの色っぽい挙措で卓袱台をぐるりとまわってくる。

（な、なんだ。なんだ、なんだ、なんだ）

広瀬は気圧《けお》された。

まさかいきなりぶん殴られはしないよなと、思わず仰《の》け反りぎみになる。

一年ほど前に知り合ったが、いつも詩麻子はどこか宇宙人のようだった。それが占い師という仕事柄のせいなのか詩麻子のキャラクターなのかはわからないものの、いつでも彼女のペースに乗せられて物事は進む。

「板長さん」

広瀬のかたわらに膝立ちになると、詩麻子は目を細めて微笑んだ。

(えっ)

あろうことか白魚の指を伸ばし、広瀬のあごをそっと支えるまねまでする。

「え、えっと。は、はい……」

「前世で私を苦しめた責任」

「え、ええ、ええ」

「今、とってもらおうかしら」

「はぁはぁ……えっ。あの……んんむぅ」

言葉の意味を解せずに、意味をただそうとしたときだった。突然詩麻子は大胆に、広瀬に朱唇を押しつけてくる。

「し、詩麻子先生、むぅん……」

「詩麻子さんでいいわよ。っていうか、なんなら奥様とでも呼ばせてあげましょうか。んんっ……」

「ちょ……むんぅぅ……」

……ちゅっ、ちゅぱ。ぢゅる。

奇襲攻撃もいいところの詩麻子の行動に、広瀬はなかばフリーズしていた。

パニックになって思考を停止させたまま、グイグイと押しつけられる唇の感触に、ジーンと脳髄を痺《しび》れさせる。

（ど、どういうことだ。詩麻子先生……詩麻子さんが俺にキスって）

「さあ、板長、責任とって。私の前世はあなたに狂わされたの。んっ……」

右へ左へと顔をふり、むさぼるように口を吸いながら詩麻子は広瀬を糾弾する。

「し、詩麻子さん、んっ……そんなこと、言われても……むんぅ……」

（ああ、まずい。ち×ぽにキュンキュンくる……！）

色っぽい熟女のなりふりかまわない求めに、男ざかりの身体が疼《うず》いた。弾力的に弾むやわらかな朱唇の感触に、淫《みだ》らな気分が高まってしまう。

俺はいったいなにをしているのだとうろたえる気持ちはあるものの、意外に巧みな詩麻子の接吻《せっぷん》に理性が痺れた。脳内にピンクの靄《もや》がかかっていく。

詩麻子は舌を飛び出させた。

色っぽくくねる熟女の舌に誘われて、広瀬もおずおずと舌を突き出す。

（うお、うおおお……）

……ピチャピチャ。ネチョ。

そんな広瀬の舌に、待ってましたとばかりに詩麻子の舌がからみついた。

ザラザラとヌメヌメが一緒になった温かな舌でしつこく舌を舐《な》めしゃぶられれば、さらに甘酸っぱく股間が疼く。

4

「うう、詩麻子さん……」

「責任とってよ、板長。前世の借り、今返して」

「借りって……どうすれば……」

艶めかしい声で甘ったるくささやかれ、どう反応していいものかと態度に困った。

詩麻子はそうしたぎこちない態度など、最初から想定ずみだとでも言いたげな余裕綽々《しゃくしゃく》の様子である。

「満足させて。三十九歳のこの身体を」

（おおお……）

甘い吐息を吐きかけられながら、とうとうストレートに要求された。目と鼻の距離で微笑む美貌は、震えがくるほどエロチックだ。

「満足させてって言われましても……」

「ねえ、ほんとに前世をモデルにしたイメージプレイなんてどうかしら」

淫靡《いんび》に潤んだ瞳が、いっそうキラキラと妖艶に光った。舌なめずりでもするように、詩麻子はねっとりとおのが朱唇を舐めている。

「えっ、ええっ。前世をモデルにした、イメージプレイ？」

「そう。あなたは前世で、奥様、奥様って、いやがる私を求めてきたの。それはもう熱烈に。あれ、もう一度やって」

「い、いや、もう一度やってって言われても」

一度もやってないですからと叫びたい気持ちをグッと堪える。

「やって。ねえ、犯して。前世みたいに。ケダモノになって。ねえねえ、ねえ」

「うわわっ」

詩麻子は広瀬のエプロンをつかみ、グイッと引っぱりながら畳に倒れこんだ。不意をつかれた広瀬は、不様に叫んで熟女を追い、熟れた身体に覆いかぶさる。

詩麻子の身体は驚くほど熱かった。

浴衣ごしでもヒリヒリするほどの灼熱《しゃくねつ》感を生々しく覚える。

「し、詩麻子さん」

「ああァン、だめ。いけないわ、私には夫が」

(わわあ)

いやよいやよと身悶《みもだ》えてみせながらも、やっていることは正反対だ。

詩麻子は浴衣の胸もとを両手でつかむと、さも広瀬にそうされたとでも言いたげな様子で、大胆に左右に割り開く。

――ブルルルンッ!

「うおお、し、詩麻子さん」

「あぁん、なにをするのおぉ」

(なんにもしてないですって)

そのとたん、中から飛び出してきたのは、小玉スイカ顔負けの実りに実ったおっぱいだ。

ズシリと重たげな二つの房が、たゆんたゆんとダイナミックに揺れ弾む。

まんまるに盛りあがるたわわな巨乳は服の上から見立てたとおり、Hカップ、百センチぐらいは楽勝であった。

そんな見事なおっぱいが自重に負けてハの字に流れる。

頂を彩る鳶《とび》色の乳輪のまん中では、ガチンガチンに勃起したサクランボのような乳芽が、痛いのではないかと思うほど隆々としたまるみを見せつける。

というかノーブラだったのかと、広瀬はさらに浮き立った。

客室にいるときは、いつもノーブラだったのか。それとも今日は最初から、こんな展開を期待して、あえてブラジャーなしで挑んだのか。

「し……詩麻子さん」

「ハアアァン」

「わわっ」

「許して。私には夫が……いけないわ、いけないわ。はあぁぁ……」

「うおっ、うおおお……」

いけない、いけないと訴えつつ、詩麻子は広瀬の手をとって豊麗な乳房へと導いた。彼の指に自分の細い指を重ね「揉《も》んで、揉んで」と訴えるかのように、もにゅもにゅと自ら柔乳をまさぐる。

「ああ……詩麻子さん！」

「ひどい人。ひどい人。ああ、許して。ンハアァ……」

「おおお……？」

浅黒い広瀬の指の中で、練絹さながらの麗乳が、ふにゅふにゅとやわらかく変形した。指に感じる量感はやはりズシリと重たげで、圧巻の大きさを伴っている。

ここまでされてしまっては、もはや中年男に理性などというものはない。

ズドンと脳髄が火を噴いて、黒い煙まで吐いた気がした。呼吸をすればするほどに酸素が足りなくなるような不穏な思いにかられ出す。

「うお、うおおお……」

……もにゅもにゅ。もにゅもにゅ、もにゅ。

「ハアァアン、やめて……いけないの。私たち、こんなことしちゃいけないの。あっあっ、おっぱいを揉まないで。困る。ああ、困る。アァアン……」

「はぁはぁはぁ。詩麻子さん、も、もうだめだ。ああ、詩麻子さん！」

困る、困ると、いったいどの口が言うのかと呆《あき》れる気持ちはあるものの、もはや自分も共犯者へと堕《お》ちた。

広瀬の指は詩麻子の意志でもなんでもなく、衝《つ》きあげられるような衝動に負け、自らグニグニと乳果実をサディスティックに揉みしだく。

女ざかりのおっぱいは、熟女ならではのとろけるような感触だ。そのうえ汗をかきはじめ、しっとりと吸盤のように広瀬の指に吸いついてくる。

（こ、こいつはたまらん！）

「詩麻子さん、んっ……」

「あっはあぁぁ。アン、だめ……吸わないで。吸っちゃいやン！」

息苦しさに煽《あお》られるように、片房の頂にむしゃぶりついた。詩麻子はそれだけで、強い電気を流されたかのように、ビクンと身体を震わせる。

広瀬の和帽子をむしり取った。

白い指を髪に埋めこむや、グシャグシャ、グシャグシャとかきまわす。

「くぅ、たまらない。ああ、詩麻子さん……」

……ちゅうちゅう。レロレロ、レロン。

「ハアアァン、だめって言ってるの……あぁ、いやン、いやン。ああああぁ」

嗜虐《しぎゃく》的な指遣いで二つのおっぱいを揉みしだき、舌で乳首を舐めしゃぶる。片房だけではもちろん収まらない。右の乳首から左の乳首、またしても右へと何度も何度も責める乳首を変えて嬲《なぶ》る。

しこり勃《た》つ乳芽は、グミのような触感だった。

頑固な硬さと得も言われぬ柔和さが同居したそのエロチックな舌触りは、いつだって男を虜にさせ、いやでもいやらしい気分にさせる。

「詩麻子さん、詩麻子さん、んっんっ……」

「あっはあ。いやン、エッチな舌遣い。だめっていってるのに、またあなたって人は、この世でもこんな……こんなあぁ……ひはっ、ハアァァ……」

(うう、ゾクゾクする!)

いつしかストーリーは本当に、いやがる詩麻子を強引に広瀬が求めるレイプ色の強い展開になっていた。どうして自分がこんな役まわりをと心のどこかで思っても、もはや抗弁のしようもない。

フェロモン溢《あふ》れる熟女の魅力が、いつの間にか広瀬を獣にしていた。

制服の白いズボンの股ぐらに、とうとうペニスがいきり勃つ。早くここから出せとでも言わんばかりに股間の布に亀頭の形を盛りあがらせる。

5

「ハアァン、いやッ。ばか、ばかぁぁ……あっはあぁ……」

「はぁはぁはぁ……うう、お、俺……」

広瀬は心の趣くまま乳を揉み、勃起した乳首を舐めしゃぶった。

鳶色をした二つの肉芽は、どちらも唾液でベチョベチョになる。生ぐさい唾液の臭《にお》いが熟れ女体の甘い体臭とひとつにとろけた。湯気のように立ちのぼり、広瀬の鼻粘膜に、ドラッグさながらに浸透する。

「おおお、詩麻子さん」

獣となった広瀬の欲望は、当然究極の行為に向かった。もしかしたら彼の目はギラギラと淫靡に輝き、血走りすらしていたかもしれない。目と目をあわせた美熟女は、まんざら演技とも思えない顔つきで「ヒィッ」と慌てて息を呑《の》む。

「い、いけないわ。それだけは……それだけは！」

もしかしたら、憑依《ひょうい》型の女性なのかもしれない。自分からしかけておいて完全に、今の詩麻子はケダモノの欲望に翻弄《ほんろう》される無力な女性と化している。

(望むところだ)

だがこうなったら、こちらもとことんやるまでだ。双方合意のイメージプレイのはずなのに、なんだか本気でこの人をレイプしているような昂《たかぶ》りにかられる。

「し、詩麻子さん」

「奥様って呼んで、広瀬。奥様って」

「お、奥様……ああ、奥様！」

気づけばとうとう「広瀬」呼ばわりだ。しかしなぜだか、そう呼ばれると本当に、犯してはいけない主君の妻を無理やり手籠にしている若侍の気分になる。

「くぅぅ……」

身体を起こした広瀬は、浴衣を乱した詩麻子の腰に手を伸ばした。激しい動きの連続で緩みかけていた帯をシュルシュルと豪快にほどいていく。

「あれぇ……」

詩麻子はいいようにいたぶられるマゾヒスティックな女の役割に本気でのめりこんでいた。広瀬が帯を引っぱると、艶めかしい悲鳴をあげながらゴロゴロと回転し、ますます浴衣を乱していく。

まくれ返った浴衣から、もっちりした太腿が露《あらわ》になった。

これはまた、なんとうまそうな太腿か。大トロさながらに脂肪を乗せ、艶光《つやひか》りさえ放ってみせる。太めの腿はじつに健康的な眺めであった。フルフルと肉を震わせて、絶え間ないさざ波を見せつける。

「お、奥様」

とうとう詩麻子の身体から完全に帯をはずした。「いやあ……」と逃げようとする詩麻子に躍りかかると、身体に張りついたクシャクシャの浴衣を勢いよく左右にはだける。

「あっはあぁ、だめぇ……」

「うおお、奥様！」

その瞬間、広瀬は確信した。やはり詩麻子は最初からやる気満々だったのだ。露にさせた股のつけ根には、パンティ一枚穿いていない。

汗の匂いの混じった香りをふわりと生暖かく放ちながら、遮るもののない究極の部分を惜しげもなく広瀬にさらす。

（おお、いやらしい）

広瀬は文字どおり息を呑み、とろけた陰唇の眺めに見とれた。

やわらかそうなヴィーナスの丘がふっくらと盛りあがっている。脂肪味溢れる肉丘陵を彩るのは、火炎のような形を見せる淡い秘毛の繁茂である。

縮れた細い毛が、ほどよい繁茂量で肉土手に生えていた。そんな陰毛の真下には、パックリと扉をひろげた好色そうなワレメがある。

肉割れはハスの花弁のような形をしていた。

生々しく開花して、中身の粘膜をさらしている。

粘膜の色合いは深いローズピンクだ。見ているだけでゾクゾクくる、なんとも妖艶なピンクである。

そんな粘膜を一段といやらしく見せるのは、豊潤に分泌された蜂蜜さながらのシロップだ。

ワレメは粘膜で織りなす小舟のように見えた。小舟の縁までいっぱいに、情欲の汁がたまって漏れ出しそうになっている。

秘割れの下方ではヒクヒクと、小さな肉穴がさかんに開口と収縮をくり返した。そのたび新たな愛液が、汲《く》めどもつきぬ泉のように、ニチャリ、ネチョリと滲《にじ》み出してくる。

「くぅ、奥様！」

広瀬は下半身から白いズボンと下着をむしり取った。中からビビンと飛び出したのは、仕事中にもかかわらず臆面《おくめん》なく勃起した治外法権な肉棒だ。

「はあぁぁン、ひ、広瀬えぇ……」

チラッと広瀬のペニスを見て、詩麻子は驚いたように目を見開いた。

しかし、それも無理はない。

広瀬の男根は勃起すると十五センチほどの大きさになった。そのうえ胴まわりも野太くて、掘り出したばかりのサツマイモを彷彿《ほうふつ》とさせる。

どす黒い棹《さお》の部分には、赤だの青だのの血管がゴツゴツと浮きあがっていた。暗紫色の亀頭もまた、傘の部分を獰猛《どうもう》に張り出させている。

ひくつく尿口からは、涎《よだれ》のようにカウパーを滲ませ、衝きあげられるような渇望をこれでもかとばかりにアピールしていた。

「ああ、奥様！」

「あはあぁ……」

詩麻子に覆いかぶさった。暴れる裸身を力任せに圧迫し、股間の猛《たけ》りを指にとる。フンフンと鼻息を荒くした。亀頭でラビアをかき分ける。ぬめる秘穴にクチュクチュといよいよ鈴口を押し当てた。

「はうぅ、広瀬……広瀬ええぇっ」

「奥様、犯します……犯しますよ。うおおおおっ」

……にゅるん。

「あっあああぁ」

とうとう広瀬は腰を突き出し、ぬめる肉割れに怒張を挿入した。

……ヌチュッ。グチュチュ。

とろとろにとろけた淫裂が亀頭の形にひろがって、いきり勃つ肉塊をおのが内部へと品のない汁音とともにすべりこませる。

詩麻子の肉園は、奥の奥までたっぷりのぬめりに満ちていた。そのうえ「早く早く」とでも訴えるように、奥まで届いた肉棹をおもねるように締めつける。

「ああ、奥様……奥様ああっ」

……バツン、バツン。

「はあぁん、広瀬……ああ、広瀬……あっはあぁ、また犯されちゃった……犯されちゃったのおお。ああああああ」

広瀬はカクカクと腰をしゃくり、疼く怒張を抜き差しした。

詩麻子の蜜壺は絶え間なく蠢動《しゅんどう》し、前へ後ろへ、また前へ後ろへと、ピストンされる肉スリコギを強い緊縮力で甘締めする。

(うう、こいつは……長く持たない！)

ムギュムギュと肉棹を締めつけられるたび、腰から背筋にさざ波さながらの鳥肌がひろがった。

肉傘とヒダヒダが擦《こす》れ合うたび、火を噴くような電撃が瞬き、脳へ四肢へと甘酸っぱさいっぱいに突き抜ける。

「あっあっあっ。いやぁ、広瀬……あっあっ、やン、どうしよう……はあああ」

「奥様……ああ、気持ちいい！」

「い、いけないのに、こんなことしちゃだめなのに……おまえに感じちゃう。おまえのち×ちんにとろけちゃうンン！」

「ああ、奥様……だめです。我慢できない。もう、イってしまいます！」

「ひはっ」

……パンパンパン！　パンパンパンパンパン！

「あああ、広瀬、広瀬、広瀬えぇぇ……んっはあぁぁ」

高まる射精衝動はもはやいかんともしがたかった。どんなにアヌスをすぼめても焼け石に水だと観念する。

広瀬は狂ったように腰をふった。亀頭を膣ヒダに擦りつける。

グチョグチョ、ヌチョヌチョと随喜の涙のような粘着音が響き「いいの。いいのよ。気持ちいい」と喘《あえ》いでいることを隠そうともせず、男根をまる呑みした牝《めす》筒が波打つ動きで蠕動《ぜんどう》する。

「あっあっ、ヒイィン。い、いけないのに……夫がいるのに感じちゃう。広瀬のち×ちんに感じちゃう。はあああぁ」

詩麻子の喉から漏れ出す声も、一気に狂乱の度合いを増した。

やわらかな腕を広瀬にまわして力いっぱいしがみつく。二人の身体に圧迫され、豊満な乳房が平らにひしゃげた。

炭火のような熱を持った二つの乳首が、広瀬の胸にその熱を伝えて食いこんでくる。

むちむちした脚は仰向けにつぶれた蛙《かえる》のようにM字に開かれていた。

そんな脚の先が、広瀬が激しく突きこむたびに、ガクガクと上下にあだっぽく揺れる。

(ああ、もうイク!)

キーンと遠くから耳鳴りがした。

汗ばむ熟女をかき抱き、怒濤《どとう》の勢いで腰をふる。

急ごしらえで煮こまれた大量の白濁が陰嚢《いんのう》の門扉を突き破った。うなりをあげて、陰茎の芯《しん》を急加速してせりあがる。

「あっはあぁ。広瀬、感じちゃう。気持ちいいの。もう、だめえぇぇ」

「奥様、イク……」

「んっはあぁ、あっあああぁ」

――どぴゅどぴゅ、どぴゅ！　びゅるる！

エクスタシーの電撃に脳天から貫かれた。完全に意識を白濁させ、広瀬はただただうっとりと吐精の悦びに酩酊《めいてい》する。

脈打つペニスはずっぽりと、根元まで膣に埋《うず》まっていた。

三回、四回、五回。跳ね躍る怒張はドクン、ドクンと痙攣《けいれん》し、そのたびしぶく勢いで粘りつく精弾を膣奥深くにたたきつける。

「ああ、す、すごい……温かい、精液……こんなに、いっぱい……あぁぁ……」

「うう、し、詩麻子さん……」

「奥様でしょ、ばか……やるなら最後まで、しっかりなりきって……」

「おおお……」

どうやら詩麻子も、一緒に達したようである。

ビクン、ビクンと不随意に、熟れた裸身を痙攣させた。

火照《ほて》った裸身はほんのりと薄桃色に茹《う》だっている。艶やかな汗の湿り気がじっとりと、広瀬の身体に伝わった。

（なんてこった）

獣の情動が収束すると、ふたたび理性が蘇《よみがえ》った。

仮にも客を相手にして、なんていうことをしてしまったんだと罪悪感がこみあげてくる。

「気持ちよかったわ、広瀬……興奮しちゃった……ンフフ……」

「お、奥様……」

しかし、詩麻子はどこ吹く風だ。

心から満足したような顔つきで、何度もうっとりとため息をつく。

いとおしそうに広瀬のことをムギュッと強く抱きすくめた。

寄せては返す波音が、広瀬の耳に小さく届いた。

第二章　義妹の想い

1

凜子の体調が完全によくなったのは、翌日のことだった。

「大丈夫ですか」

「ええ、ありがとうございます。行ってきます」

見送る広瀬に色っぽい笑顔で答え、凜子は玄関から外に出た。

昨日までは昼食も宿で面倒を見ていたが、もう自分でなんとかなるからと買い物に出かけていったのである。

海鳥亭は海沿いの小高い丘の上にある。宿の敷地を出て細い坂道を降りていくと、沿岸を走る国道につながっている。

海沿いにはパラパラと、数軒の大衆食堂やコンビニが営業をしていた。

徒歩でも利用できる店といえば近くにはそれぐらいしかないが、とにもかくにも食事や最低限の買い物はできた。

「きれいな人だ……」

広瀬は凛子を見送って、ひっそりとため息をつく。生気の戻った美熟女は、たおやかな笑顔と健康的な色香で、ますます強く広瀬を惹《ひ》きつけた。

あと三日ほど宿泊することになっているが、もうしばらく彼女と話ができると思うと柄にもなく広瀬は浮き立った。

「いかん、いかん。俺としたことが」

自分が鼻の下を伸ばしていることに、はたと気づいた。広瀬は慌ててかぶりをふり、フロントの奥にある事務室に戻った。

広瀬は知らなかった。

そんな自分を物陰から、こっそりと見ている一人の人影があったことを。

「義兄さん……」

春海だった。仲居の着物に身を包んだ春海は、自分の表情がどんよりと重たくなるのをいやでも感じた。

——もしかしたら義兄さんは、あの女の人に好意を抱いているのでは……。

女の直感で、そう睨んだ。そしてもしも自分の勘が当たっているとしたら、じつは相当ショックは大きい。

けっして顔にも態度にも出さなかったが、春海は密かに広瀬のことを想いつづけていた。

もちろん幼なじみで、自分を好きだと言ってくれる田島裕弥《たじまゆうや》のことも憎からず想ってはいる。だが正直な気持ちを言ってもよいのなら、やはり義兄がいつしか一番の男性になっていた。

だから、裕弥からプロポーズをされたと伝えたときだって、本当は広瀬の反応を探りたいという思いがあった。しかし、広瀬は心から春海の幸せを喜んでいるふうだった。そうした義兄の態度にも、春海は複雑な気持ちになった。

そのうえ今度は、思わぬライバルの出現だ。

広瀬は気づいているのだろうか。凜子という名のあの客は、どこか亡き姉を彷彿とさせる、似たような臭いを放っていた。

(私、嫉妬《しっと》してる……)

そんな自分に気がついて、春海はうろたえた。これほど自分が広瀬に対し、執着していたことを改めて自覚する。

「こんにちはぁ」

すると、背後から誰かに声をかけられた。ふり向くと、宿の浴衣に羽織姿の詩麻子が気持ちよさげな笑顔とともに愛嬌《あいきょう》をふりまいている。

おそらくまた、温泉を楽しんでくれたのだろう。湯あがりらしき美貌はほんのりと紅潮し、同性の春海が見てもなんとも色っぽい。

(そうだ)

春海は思いつく。善は急げのことわざもある。それに昼間のこの時間なら、じつは少しなら時間も作れた。

「こんにちは。お風呂ですか」

にこやかに微笑んで、小走りに詩麻子に駆けよった。詩麻子は相好を崩す。

「そうなの。いつものことだけど気持ちいいのよね、ここのお風呂。病みつきっていうのはこのことね」

「ウフフ。そう言っていただけるとうれしいです。それであの、先生」

「うん？」

「じつは……もしよかったら、私も占っていただきたいことがあるんですけど」

周囲には誰もいなかったが、春海はつい小声になった。

「あらそう。いいわよ。今ならすぐ占ってあげられるけど」

「わあ、ほんとですか。ぜひぜひ、お願いします」

快く応じてくれた詩麻子に、小躍りしながら春海は言った。そんな春海に目を細め、詩麻子は「まあ、うれしそうね。フフ」と笑った。

「うん、いい相性よ。とってもいい。ここまで相性のいいカップルもそうはいないと思うわ」

客室に戻った詩麻子は、すぐに占いをしてくれた。相談したのは、恋人の裕弥との相性だ。

「そうですか……」

卓袱台を挟んで詩麻子と向かい合っていた。鑑定結果を聞いた春海は何度もうなずいてみせはするが、思ったとおりさほど心は華やがない。

というより、わざわざ占ってなどもらわなくとも、裕弥と相性がいいだろうことはわかっていた。なにしろ幼なじみなのである。

ではどうしてわざわざ、わかりきっていることなんて聞いたのか――それは、最初から本命との相性を相談するのは、いささか気が引けたからである。

「うん、いい感じよ。なになに、春海ちゃん。おつきあいしている人？」

だが、そうとは知らない詩麻子は笑みを浮かべ、興味津々な様子で聞いてくる。

「え、ええ、まあ、おつきあいしてるっていうか……」

「隠さない、隠さない。へえ、いいじゃないの。きっと春海ちゃんを幸せにしてくれるカレシだと思うわよぉ」

「あの、先生」

脳裏に浮かぶ裕弥の笑顔に罪悪感を覚えながらも、春海は決意して膝を進めた。

「それじゃ……もう一人、相性を見てほしい人がいるんですけど」

「あらま。かわいい顔して二股？」

おどけた詩麻子はドン引きしたように大仰に仰け反る。

「いえ。け、けっしてそういうわけでは」

「ウフフ。冗談よ。二股なら二股でもいいし。春海ちゃんなら、しっかりと自分の考えがあってやってることだと思うから」

「はあ……ありがとうございます」

「それで、その人の誕生日は」

ふたたびシャープペンをとり、万年歴をスタンバイして詩麻子は聞いた。

春海はそんな占い師に、ドキドキしながら広瀬の生年月日を伝えた。

(……えっ)

春海から二人目の誕生日を聞いた詩麻子は、思わず声をあげそうになった。広瀬の誕生日だったのだから、驚くのも無理はない。

(それじゃ春海ちゃん、板長のことを)

そうだったのかと思いながら、なに食わぬ顔をして鑑定をはじめた。

そんな詩麻子がペンを走らせる手もとを、期待と緊張の入り混じった真剣な顔つきで、春海がじっと見つめていた。

2

「それじゃ、義兄さん……」

「ああ、ありがとう。気をつけてね」

その夜。いつものようにすべての仕事を終えた春海にあいさつをされた。

春海は弱々しく微笑んで厨房をあとにする。

後ろ姿を見送った広瀬は、片づけを続けた。

なんだか今日の春海は、いつもより元気がないような感じがした。どうしたのと声をかけることもできたかもしれない。だがすぐにはそうできず、とりあえず遠くから見守るような態度に出てしまうのが広瀬という男だった。

「カレシとなにかあったかな」

ボソリと呟《つぶや》き、作業を進める。プロポーズを受けてから結局どう答えたのかもまだ聞いてはいない。

どんなに好きな相手でも、いざ結婚となるといろいろとナーバスになるものかもしれない。その結果、あれこれと問題が起きやすくなるのも恋する若者ならではのことだろう。

「明日もあんな調子だったら、ちょっと声をかけてみるか」

広瀬はそう呟き、作業に集中しようとした。片づけが終わったら、今度は朝食のしこみである。

大きな旅館なら夕食に手がかかるぶん、朝食の調理まで手がまわらないのが正直なところだ。だが、この宿に泊まってくれる客には夜も朝もおいしい料理を提供したいという思いもあって、客室数を絞った旅館を造った。

明日の朝食も、凜子と詩麻子が喜んでくれる食事を用意するぞと思うと、一日の疲れも吹き飛んだ。さらに闘志が湧《わ》くような気持ちにすらなってくる。

広瀬は「よし」と気合いを入れ、いよいよしこみにかかろうとした。

「えっ」

ギクッとする。

さりげなく厨房の入口に目をやると、いつの間にか春海がふたたび立っていた。

「どうしたの、春海ちゃん」

「…………」

着物姿の春海は、沈痛な顔つきでうつむいている。白魚の指をそっとからめ、とまどった様子で身じろぎをする。

「春海ちゃ――」

（えっ）

広瀬は息を吞んだ。突然、春海が駆け出した。パタパタと草履の音を響かせて厨房の奥にいる広瀬めがけて駆けよってくる。

（えっ。えっ、えっ、えっ）

「義兄さん」

恥ずかしそうにしながらも、春海の行為は大胆だった。両手をひろげて広瀬を呼ぶと、驚く義兄の胸の中へと熱烈な挙措で飛びこんでくる。

「あの、春海ちゃん……」

広瀬は動転した。パニックになったと言ってもいい。これはいったいどういうことだ。どうして春海が自分なんかに、こんなふうに抱きついてこなければならないのか。

「義兄さん……私、お嫁に行っちゃうよ」

目を白黒させる広瀬に、熱っぽく抱きついたまま春海は言った。

「えっ」

「ねえ、いいの。私なんか、どうでもいい？」

今にも泣きそうな声だった。言葉尻を上ずらせ、訴えるような声で言う。突然広瀬の胸から顔を離した。爪先《つまさき》立ちになって、自ら朱唇を押しつけてくる。

……チュッ。

「んむぅ。は、春海ちゃん……」

仰天した広瀬は目を剝《む》いた。こともあろうに亡き妻の妹が、いきなりキスしてきたのだ。驚くなと言うほうが無理である。

「義兄さん……義兄さん、んっんっ……」

……ピチャ、ピチャ。ぢゅる。

春海は腕をまわし、広瀬の首へとまわした。

身長差があるため、必死に爪先立ちになっている。

着物の袖がずれ、白く細い腕が露出した。二の腕の肉が艶めかしく震えている。

春海は熱っぽい仕草で首をふり、グイグイとやわらかな唇を押しつけた。

「ちょ……春海ちゃん、どうして。んんぅ……」

「わからない。自分でもよく……でも、義兄さん、私、義兄さんの人生に必要ないの？　お嫁に行ってもぜんぜん平気なの？　それって、すごくつらい……」

「春海ちゃん……」

嗚咽《おえつ》混じりの取り乱した声で、春海は訴えた。思いもよらない展開に、はっきり言って広瀬は動揺を隠しきれない。

（それじゃ、春海ちゃんは俺のことを）

いったいいつからと、うろたえながら記憶をたどろうとした。しかし思い出の中の美しい義妹は、いつだって天真爛漫な笑顔だ。

まさか心の奥底にそうした想いを秘めていただなんて、気づけと言うほうが無理である。

「義兄さん、私、子供にしか見えないかな。いまだに義兄さんの中では、ランドセルを背負った小学生なのかな」

「春海ちゃん……」

春海の吐息は甘かった。砂糖菓子のようである。しかし、その声はせつなかった。胸を締めつけられる響きがある。

「私、もう大人の女だよ。ずっと前からもう大人。ずっと……ずっと前からもう私は……私は、義兄さんのことを――」

「あ……」

いきなり広瀬から口を離した。唇と唇の間に、ねっとりとした唾液の橋が架かる。橋はやがて自重に負けてU字にたわみ、ちぎれて消えた。

広瀬は調理台を背にして立っていた。そんな彼の前に、春海が膝立ちになる。

虚をつかれ、春海を見おろした。

春海は両手を伸ばすと、広瀬の白ズボンをおろそうとする。

「ちょっと、春海ちゃん……」

「見せてあげる。私が大人だってこと。もう、ランドセルを背負った小学生なんかじゃないってこと」

「ま、待って、春海ちゃん。ちょ……春海ちゃ。あ——」

——ズルズルズルッ。

「ああ……」

「はうう……義兄さん」

慌てて広瀬は春海の手を払い、やめさせようとした。

しかし、春海の勢いがそれに勝る。逆に広瀬の手を払い、下着もろとも制服のズボンを一気に膝までずりおろす。

露出してしまったのは男根だ。もちろん勃起などこれっぽっちもしていない。

激しい動きのせいでふり子のように揺れていた。エレクトしていない状態でも広瀬の肉棒はやはり大きく、春海は驚いたように美貌を引きつらせる。

「は、春海ちゃん、ちょっと、落ちつこう」

「いやだ。落ちつくなんてまっぴら」

諭そうとする広瀬を、春海はかたくなに拒絶した。揺れる肉根をムギュッとつかみ、無理やり上向けてにじりよる。

「春海ちゃん……」

「見せてあげるって言ってるの。大人の女なの。義兄さんが好きなの。いつの間にか好きで好きでたまらなくなっちゃって、どうしていいのかわからなくて」

（あっ）

……ピチャ。

「うおお、春海ちゃん……」

「あアン、義兄さん……義兄さん、んっんっ……」

ぽってりと肉厚な朱唇からローズピンクの舌を飛び出させた。そのままキュートな小顔を近づけ、暗紫色の亀頭をねろんと舐めあげる。

恍惚《こうこつ》神経を直接舐められたかのような強い電気がペニスから閃《ひらめ》いた。とまどう気持ちに嘘偽りなど微塵《みじん》もないのに、れろん、ねろんと続けざまに舌を鈴口に擦りつけられ、耽美な電撃が火花を散らして四散する。

「やめてくれ、春海ちゃん。だめだ、こんなことしちゃ」

「わかってる。わかってる。でも、自分でもどうしようもないの。だってこうでもしなかったら、義兄さん、一生私の気持ちなんて……んっんっ……」

……ピチャピチャ。ねろ。ねろん。ぢゅ。

「おおお……そ、そんな……あああ……」

ペニスに擦りつけられる舌は、尻あがりに激しさを増した。

右から、左から、またしても右から。そうかと思えばチロチロと裏筋を。続いて今度は円を描いて、グルグルと亀頭を舐めまわす。

(うお、うおおお……)

ぎこちなさ溢れる奉仕ではあるものの、たしかに広瀬は時の流れを感じさせられた。

春海の言うとおり、はじめて会ったのは彼女がまだ小学生だったころ。姉とはタイプこそ違え、まがうかたなき美少女だった。

しかしどんなに美しくとも、義妹は義妹。子供は子供だった。いつでも広瀬は妻の妹という視点でしか、春海のことを見ていなかった。

そんな春海が自分のペニスを舐めしゃぶっているだなんて。まさか自分の人生にこんな未来が待っていただなんて。

しかも——。

「ああ、義兄さん、んっんっ……おっきくなってく。はぁはぁ……感じてくれてるんだよね。うれしい。うれしいよう。私、けっこううまいでしょ」

情熱溢れる春海のフェラチオに、意志とは裏腹にどんどん男根が反応しはじめた。

うまいからうまくないかと言えば、手練れの熟女、人妻たちにはやはり劣る。

だが、そんなことは当たり前だ。男のペニスがいきり勃つのは、その女性のせつない真心に不意をつかれたときである。

「おおお、春海ちゃん……」

「いやン、おっきい。あぁ、すごい……んっんっ……義兄さん、ああァ……」

愛情に充ち満ちた艶めかしい舌奉仕に、極太はみるみる反り返り、天を向いて膨張した。白魚さながらの指の中で、長さも胴まわりも呆れるほど肥大して、まるめた指の輪を押しのけて、バッキンバキンに勃起する。

3

「ああ、すごい……はあぁ、義兄さん……義兄さん……」

「うわわっ」

……ピチャピチャ、ピチャ。れろれろ、れろん。

鎌首をもたげた男根を、さらに熱っぽくしゃぶりはじめた。

先ほど広瀬の口に吸いついてきたとき以上の入れこみ具合だ。右から左から、また右からと、苦しげな息づかいとともに、夢中になって肉棒を舐めている。

亀頭をしゃぶり、棹をあやし、あろうことか陰嚢にまでネチョネチョと舌を擦りつけた。細めた瞼の端っこには、なおも涙の名残がある。

「くぅぅ、春海ちゃん……」

「ハァン、か、感じて、義兄さん。もっと気持ちよくなって……ねえ、興奮するでしょ。変な気持ちになって。私のこと、帰したくないって思って。んっ……」

「うわああっ」

とうとう春海は亀頭から、ペニスをまるごと口中に咥《くわ》えこんだ。

小さな口を目いっぱい開け、パクリと必死に搦め捕る。ヌメヌメして温かな口粘膜に怒張を甘酸っぱく締めつけられた。

見れば春海は魚をまる呑みした鵜《う》にでもなったようである。

春海の口で頬張るには、いささか大きな肉棹であった。それなのに、両目をパチクリさせながら懸命に食いしめて「んくぅ、むんぅ……」と苦しげな呻き声まであげている。

「春海ちゃん、無理するな……」

「む、無理なんてしてないもん。こんなこと……平気でできるもん。んっ……」

……ぢゅぽ。ぢゅぽぢゅぽ。ぢゅちゅ。

「うおお、ああ、そんな。春海ちゃ……あああ……」

いやらしくもキュートな二十八歳の鶏は、今度はいきなり啄木鳥《きつつき》になった。息苦しそうに美貌を歪《ゆが》めながらも、そんな自分を叱咤《しった》でもするかのように、前へ後ろへと顔をしゃくり、品のない音を立てて肉砲をしごく。

「んっ、むんぅ、義兄さん……んっんっ……」

(あああ。な、なんてことだ……気持ちいい!)

いつしか調理台に体重を預け、卑猥《ひわい》な行為にどっぷりと溺《おぼ》れてしまっていた。鶏から啄木鳥へとエロチックな変身を遂げた義妹は、リズミカルな鼻息とともに猛る勃起をぢゅぽぢゅぽと舐めしごく。

小さくすぼまった朱唇の輪が、輪ゴムのような窮屈さで行ったりきたりをくり返した。そのたび締めつけの位置が変わり、強い圧迫感が棹の部分に強烈な刺激を注ぎこむ。

春海の口はチューブから残り少ないゼリーでも搾り取ろうとしているかのようだ。かなりな締めつけで肉棹をしごかれ、浮きあがっていた血管が、あちらへこちらへとニュルニュルと滑って場所を変える。

しかも春海の口唇奉仕は、もちろん朱唇だけではなかった。

絶え間なくくねる長い舌が、何度も亀頭を舐め転がす。不意打ちのようにピチャピチャと疼く鈴口にまつわりついた。

（くうぅ……）

そうした春海の淫靡な責めに、不覚にも広瀬は快感を覚えてしまった。

今にもストンと膝が抜けかける。何度も唇を嚙みしめては、ググッと足を踏んばり直す。

「んっんっ……あァン、義兄さん……おち×ちん……気持ちよさそうにピクピクいってる……」

どんなに取り繕おうとしても、しゃぶられる怒張は嘘をつけない。

亀頭を激しく舐められるたび、活《い》きのいい魚のようにビクビクと跳ねる。陰茎の芯が熱を増し、露払いのようにカウパーがププッと春海の口の中を穢《けが》す。

「うぅ、春海ちゃん、うお、おおお……」

「むぶぅ。むぶぅ。義兄さん、んっ……」

（ああ、春海ちゃんがこんないやらしい顔つきに）

天を仰いで愉悦の吐息をこぼしつつ、広瀬はペニスを舐めしゃぶる義妹の可憐な美貌を見た。

　頬張るにはいささか大きな男根を無理やり口中に呑んでいる。そのため小さな唇がミチミチとまんまるにひろがっていた。肉皮がつっぱって、今にも裂けてしまうのではないかと思うほどである。

　そのうえペニスに吸いつくようにして、口のまわりの皮を中心に、顔のパーツがあまさず肉棹に引っぱられていた。

　そのせいで、せっかくの美貌が不様に歪み、別人のような顔になっている。鼻の下の皮もいやらしく伸び、鼻の穴も縦に伸張して二目と見られぬ禁忌さだ。

　だが、それがよかった。

　そんないやらしい春海の姿に油断して、広瀬は一段と興奮してしまう。

「あァン、義兄さん……好き……好きなの。お願い……女に恥、かかせないで」

「うおおっ」

　ペニスを舐められるだけでも、とろけるような気持ちよさだ。それなのに、かてて加えてかわいい義妹は、白魚の指をふぐりに伸ばす。

　そっとつかんでやわやわと、絶妙なタッチでまさぐった。陰嚢から生えた縮れ毛が白い細指に容赦なくからみつく。

ソフトに揉まれるそのたびに、甘酸っぱさいっぱいの快美な感覚が股のつけ根にキュンと湧いた。痺れるような快さが脳へ四肢へと感染していく。

「ああ、春海ちゃん、うお、おおお……」

（だ、だめだ。興奮してきた。こんなことされたら俺……俺——）

背筋をくり返しゾクゾクと官能の鳥肌が駆けあがった。怒張と皮袋への物理的な快感に加え、広瀬は目でもしっかりとエロスの虜になっている。

なんだかこのごろ、調子が狂いっぱなしだ——痺れた頭でそう思った。

詩麻子との思いがけないまぐわいは、まだ昨日のこと。それなのに、今度は十数年ものつきあいになる妻の妹と獣の営みに溺れている。

「に、義兄さん……ああ、義兄さん！」

……ちゅぽん。

「ああ、春海ちゃん、うおお……」

淫靡な音を立て、春海は口からペニスを解放した。

しかし今度は休む間もなく、勃起を片手にムギュリと握る。リズミカルな動かしかたでしこしこと、上へ下へと怒張をしごく。

「うおお……」

ニチャニチャという唾液の音が厨房に響いた。男根にたっぷりとまつわりついた春海の唾液が聞かせる音だ。厨房はこんなことをしていい場所ではない。だがもはや、理性など風前の灯火《ともしび》だ。

「はぁはぁはぁ……ああ、こんなに硬くなった。興奮してる、義兄さん。ねえ、お願い。抱いて……」

「は、春海ちゃん……」

可憐な美貌がほんのりと色っぽく紅潮していた。目の縁にはまだユラユラと涙の雫《しずく》がたまっている。広瀬は胸を疼かせた。同時にペニスがジンジンと、さらに獰猛で妖《あや》しい痺れを放ち出す。

「ねえ、お願い。私を義兄さんのものにして」

「うお、おおお……」

「私、魅力ないかな。これでもけっこう、いろんな男の人にチヤホヤされてきたんだよ。それなのに義兄さんは……義兄さんだけは——」

「ああ、春海ちゃん！」

「きゃっ」

もはやこれ以上、辛抱が利かなかった。燃えあがるような劣情が、広瀬を情欲の火だるまにする。

「あぁん、義兄さん、はあぁ……」

ひざまずいていた義理の妹を、強引に立たせてくるりとまわす。攻守ところを変えるかのように、今度は春海が調理台に手をついた。

そんな義妹の腰をつかみ、グイッと後ろに引っぱれば、春海は苦もなく立ちバックの体勢になる。

「に、義兄さん……」

「くぅ、春海ちゃん」

広瀬の鼻息はいやでも荒くなった。春海の着ている着物の裾を両手でつかむと有無を言わせぬ大胆さで腰の上までまくりあげた。

「あぁん、義兄さん、いやあぁ……」

「うおお。は、春海ちゃん、もう、だめだ。こんなことされたらもう……我慢できない！」

中から露になったのは、すらりと伸びやかで形のいいモデルのような美脚。そして、意外にたくましく張りつめた迫力十分のヒップである。

えぐれるようにくびれた腰が、キュッと締まっていた。

そこから一転するかのように、左右にも後ろにもダイナミックに張り出して、量感豊かな臀丘《でんきゅう》がエロチックなまるみを見せて盛りあがっている。

そんなヒップに吸いついているのは、清純な白いパンティだ。

小さな三角のパンティは激しい動きのせいで少しよじれ、お尻の部分はTバックのように片側だけが臀裂に食いこんでいた。

そうした尻から見事な美脚が、男心を悩乱させる官能美とともに伸びている。

形のいい脚はくの字に曲がり、膝裏のへこみにエロチックな影ができていた。細めながらもむっちりと健康的な太腿である。白い肉肌がフルフルと震え、淫靡なさざ波が立っていた。脹脛はくぽっと盛りあがり、セクシーでしなやかな筋肉の存在を強調している。

4

「義兄さん……」

「おお、は、春海ちゃん……春海ちゃん！」

広瀬の指が春海のパンティに伸びた。縁の部分に引っかけて、クイッと一気に膝までおろす。

「はああァン」

「ううっ、エロい……」

パンティが膝まで脱げ、とうとう究極の牝湿地が眼前にさらされた。

意外とも思えるその眺めに、広瀬はたまらず息を呑む。

ふっくらとふくらむヴィーナスの丘いっぱいに、思いのほか豪快に黒い縮れ毛が生えていた。

それはほとんど、剛毛と形容してもよいほどの繁茂量だ。

股のつけ根を起点にし、車のワイパーが動いて描きでもしたような円を描いて漆黒の縮れ毛が肉土手を彩っている。

可憐でキュート、清純さすら感じさせる明るい美貌からは想像もできなかった密林ジャングル。だが女性という生き物が、表に見せる部分から秘め隠す裏側にこそ、男を燃えあがらせるエロスはある。

しかも、そうした剛毛繁茂の下に咲く妖花は、いかにも控えめな眺めだった。

くぱっと花咲く肉割れは、じつに小ぶりである。

露出した粘膜は活きのいいサーモンピンクを見せつけて、たった今切断したばかりの鮭の切り身を思わせた。

ふっくらと盛りあがる大陰唇から飛び出すビラビラも、どこか少女のようである。しかし、粘膜はすでにねっとりと潤んでいて「私もう、大人の女だよ」と訴える春海の本音を後押ししていた。

「はぁはぁ……春海ちゃん、どうしよう。もう俺、自分を抑えられない」

上ずった声で、広瀬は春海に訴えた。

着物姿で下半身をまる出しにしている可憐な美女の後ろで位置を整える。グッと腰を落とし、反り返るペニスを手にとって亀頭でビラビラをかき分ける。

「あはあぁ、義兄さん」

鈴口の先を膣穴のとば口に押し当てた。得も言われぬぬめりは、不意をつかれる温《ぬく》みと滑りというおまけつきだ。

密着した亀頭におもねるように、膣穴がヒクンと収縮した。

そんな肉穴にキュッと先っぽを締めつけられ、たまらず疼いた亀頭の先から先走り汁が溢れ出す。

「いいんだね。ほんとにいいんだね」

この期に及んで、やっぱりやめてなどと言われたら、じつは相当な拷問であった。しかし、広瀬はそれでも聞いた。いやだともしも言われたら、どんなにつらくともやめなければならない。

「あぁん、義兄さん、挿《い》れて。好きなだけ挿れて」

しかし、春海は挿入をねだった。これまでとは二人の関係が変わることをこそ焦げつく思いでこの人は求めている。

「春海ちゃん……」

「ひとつになりたい。義兄さんとひとつに。愛してるの。義兄さんのものになりたい。私を義兄さんのものにして」

「うおお。は、春海ちゃん……春海ちゃん！」

なんてかわいいことを言うのかと、父性本能を刺激された。広瀬は腰を落とし、反動をつけるかのような勢いで一気に腰を突き出した。

「あっはあああぁ」

ペニスがにゅるんと勢いよく、ヌメヌメとした粘膜の筒に飛びこんだ。

外見からも想像のついたことではあったが、春海の胎路は、やはり相当に窮屈だ。しかも男根を追い出そうとでもするかのように収縮し、すごい膣圧で入口へ、入口へと、広瀬の亀頭を押し戻そうとする。

「くっ、くうぅ」

広瀬は歯を食いしばった。ひょっとしたらこめかみには、血管さえ浮かんでいるかもしれない。

ズズッ、ズズッとペニスをゆっくり埋めていく。ほどよい愛液を滲ませた膣洞は、そんな極太に呼応するかのように、波打つ動きで蠕動した。

棹を、根元を、そして亀頭を揉みつぶすように締めつけては緩み、締めつけては緩みをくり返す。

「はあァン、義兄さん……あっあっ、あああ……」

「うお、おおお……」

そんな胎肉の卑猥なもてなしに鳥肌を立てつつも、とうとう広瀬は根元まで怒張を膣へとしっかりと埋めた。

「ひうう、義兄さん……すごい……奥まで……義兄さんの、ち×ちんが……」

「おお、春海ちゃん……春海ちゃん」

「きゃっ」

……バツン、バツン。

「はあぁん。あっあっ……あっあっあっ。あァン。義兄さん、うあああ」

春海の尻肉にギリギリと十本の指を食いこませた。

そうやってバランスをとったかと思うと、いよいよ怒濤の腰ふりでぬめる膣内をかきまわす。

「あはあぁ。ンッハアァ。あぁン、義兄さん……アア、私、ハアアアァ」

「うう。春海ちゃん、き、気持ちいい！」

広瀬の股間がヒップをたたく音は、どこか湿って重かった。いつしか春海の肉体からは、じわりと汗が滲み出している。

しゃくる動きでバツバツと、膣奥深くまで男根をえぐりこんだ。股間がぶつかるたび、ヒップがブルンと艶めかしく肉を震わせる。男根を締めつける狭隘《きょうあい》な肉洞が収縮し、不意打ちのように極太を甘くいやらしく絞りこむ。

（こ、こいつはたまらん）

肉棹に覚える耽美な愉悦に、広瀬はついうっとりとした。カリ首と肉ヒダが擦れ合うたび、甘酸っぱさいっぱいの煮沸感が閃く。

火花を散らして湧きあがる後ろめたい悦びは、すぐさま脳へと伝染し、さらに脳味噌を妖しいトランス状態にする。

「ヒイィン。義兄さん、あっあっあっ……あっあっあっあっ。あぁ、う、うれしいよう。義兄さん、うれしいよう」

春海は調理台に手をついて、広瀬の勢いを懸命に受け止めている。その喉からは、耳にするだけでいっそう欲望を煽られる喘ぎ声が惜しげもなく漏れ、広瀬の鼓膜を刺激する。

くの字に曲がった脚の先は、踵《かかと》が床から浮いていた。

履いている草履も一緒になって床から浮き、前へ後ろへと激しく身体を揺さぶられるたび、草履が踵にパタパタと当たる。

「は、春海ちゃん……」

「信じられない。義兄さんにこんなふうにしてもらえるなんて。あぁ、幸せ……気持ちいいよう。義兄さん、気持ちいい。もう、私……私……はあああぁ」

「うおおおッ……」

窮屈な体勢で後ろに顔を向け、春海は感きわまった声をあげた。

艶やかに火照ったその顔は、熱でも出たようにぼうっとしている。目の下が特にまっ赤に染まっていた。セクシーに細めた瞳には、先ほどまでとは種類の違う色っぽい潤みが見てとれる。

ぽってりと肉厚で官能的な朱唇が、半開きになっていた。唇はわなわなと絶え間なく震え、口の端からはねっとりと唾液が溢れかけている。

「おお。春海ちゃん、き、気持ちいい。もうだめだ！」

「ひはっ」

……パンパンパンパンパン！　パンパンパンパンパン！

「うあああああ。義兄さん、ああ、義兄さん、あァン、激しいン。ハアアァァ」

とうとう広瀬の腰の動きは狂騒的なピストンに変わった。くびれた春海の腰をつかみ、反動をつけて猛然とペニスを挿れたり出したりする。

肉が肉を打つ湿った爆《は》ぜ音が高らかに響いた。

色白の春海のヒップがまっ赤に腫《は》れ、さらにあだっぽい色香を放つ。

肉スリコギがほじくり返すぐしょ濡れの蜜穴は、いっそうグチョグチョと粘りに満ちた汁音を響かせた。

性器が窮屈に擦れ合う部分から泡立つ愛液が溢れ出し、柑橘《かんきつ》系のような甘酸っぱい匂いを湯気のように調理場にふりまく。

(ああ、もうイク！)

広瀬は奥歯を噛みしめ、息すら止めて激しい抜き差しで膣奥までうがった。

亀頭の行く手を遮るかのように、ヌメヌメしてやわらかな子宮口が立ちはだかる。そこへ何度もズボズボと疼く亀頭をめりこませた。

「ヒイィ。ヒイイイィ」

ポルチオ性感帯もすでに開花しているらしい。膣奥をえぐりこまれる卑猥な悦びに反応し、立ちバック姿の義妹の喉からは、いっそう切迫したよがり声が跳ねあがる。

「はぁぁん、義兄さん、いやン、感じちゃう。奥……奥、気持ちいいの。とろけちゃうンン。あああああ」

「春海ちゃん、そろそろイクよ……」

「んあああ。はっひいいいぃ」

広瀬のピストンは狂ったような抽送に変わった。ぬめる凹凸と擦れ合う肉傘が一段と過敏な疼きを放つ。

潮騒さながらの雑音が耳の奥から高まった。

ノイズは一気にけたたましさを増し、嵐のさなかの波音のようになる。狂騒的な波音は、鼓膜と頭蓋を激しく揺さぶる。

「ああ、気持ちいい。義兄さん、イッちゃう。イッちゃうイッちゃう。あああ」

「おお、イク……」

「あああああ、あっあああああああ」

……どぴゅどぴゅ、びゅぴゅぴゅっ！

オルガスムスの爆発が広瀬を粉砕した。動きを止め、膣奥深くまでズッポリと怒張を刺し貫く。ドクン、ドクンと陰茎が、雄々《おお》しい脈動を開始した。そのたび大量の精液が、水鉄砲のような勢いでひくつく子宮へとたたきつけられる。

「はう……はううッ……あ、ああ……義兄さん……」

「はぁはぁ……春海ちゃん……」

見れば春海もまた、アクメの天国のまっただ中にいた。天にも昇る陶酔しきった顔つきで、うっとりと瞼を閉じている。

白い首筋を色っぽく引きつらせた。天を仰いで震えている。ビクン、ビクンと不随意に痙攣する身体はじっとりと汗をかき、薄桃色に火照っていた。

「ああ……入ってくる……義兄さんの、精液……嘘みたい……ハアァ……」

「は、春海ちゃん……」

ロケット花火のようになり、中空高く打ちあげられた気分だった。「もっといいのよ。出していいのよ」と煽るかのようになおも膣肉がひくついて、射精途中の男根をムギュリ、ムギュリと締めつける。

広瀬の理性はいまだ麻痺《まひ》したままだった。あまりの気持ちよさになかなか感覚がもとへと戻らない。

それでも次第に、悔悟の念が湧きあがり出した。もしかしたら自分は、とんでもなく無責任な行為に及んでしまったのではないだろうか。

「ああ、幸せ……幸せだよう……はあぁぁ……」

しかし春海は、そんな広瀬の動揺など我関せずという面持ちだった。

なおも恍惚の顔つきで生殖の余韻に身を浸す。なかなか終わらない痙攣とともに、長いこと女の幸せに酔いしれていた。


「なんだか、すごいことになっちゃったわね……」

二人は知らなかった。そう呟きながら、足音をしのばせて厨房前の廊下を退散していく一人の女性がいたことを。

それは詩麻子だった。日に何度も堪能する温泉を楽しんだ帰りである。

宿の自慢だという共同浴場を行きさするには、厨房の前を通らなくてはならない。それなのにこんなところでセックスをしてしまうだなんて、広瀬も春海も、あまりにも無防備すぎはしないだろうか。

「どうすんのよ、広瀬さん」

温泉へと向かいながら、詩麻子は広瀬の未来を案じた。

そしてもちろん、春海のことも。

平和だったはずの海鳥亭が、風雲急を告げていた。

湯冷めしそうな身体をブルッと震わせ、詩麻子は夜の渡り廊下を小走りに部屋へと駆けこんだ。


「ふう……」

そのころ。

共同浴場の女湯では、凜子が一人でまったりとお湯に浸《つ》かっていた。

何度も肩にお湯をかけ、あまりの気持ちよさに愉悦のため息をつく。天を仰いでうっとりと目を閉じる。潮騒の響きが聞こえてきた。

内風呂から続く露天風呂へと裸身を移し、岩風呂の中で天然温泉を楽しんでいた。あたりにはもうもうと白い湯気が立ちこめ、イオウの臭いが鼻粘膜を刺激して温泉情緒をかき立てている。

三十三歳の裸身は、恥ずかしくなるほどもっちりと肉感的だ。そのうえ肌は抜けるような白さで、きめ細やかな餅肌《もちはだ》ときている。

十代のころから多くの異性に愛の告白をよくされた。

男性の熱い視線が自分の横顔や、たわわにふくらむ胸もとに注がれるのに気がつくと、いつでも凜子はいたたまれない気持ちになった。

そうした男たちの熱烈さは、彼女が年齢を重ねても変わらなかった。

いや、歳をとればとるほどよけい生々しい熱烈さが増し、正直凜子は自分の顔立ちや意志とは関係なく豊満になってしまった乳房が重荷にすらなっている。

こんなものさえなければ、もっと幸せな人生だったかもしれないと。

「きれい……」

凜子は目を細めた。

月が美しかった。星が無数に瞬いている。

ようやく熱も完全にさがり、温泉を楽しめるほどにまで回復した。

こんなふうに夜空を見ていると、この宿にくるまでの憂鬱な出来事の数々も幻だったのではないかという気持ちにすらなってくる。

しかし、それらは夢でも幻でもない。そのことに思いがいくと、凜子の表情は自然に重苦しいものになる。

——けっこう面倒な相手ね、この男の人。

彼女の脳裏に今日の午後、詩麻子の部屋で聞いた鑑定結果の言葉が蘇った。

——あなたが「私はこの人とつきあっています」とか言って男の現物でも突きつけない限り、地の果てまでも追いかけてくるわよ、この男。

「地の果てまで……」

詩麻子の言葉を思い出し、げんなりとした。一人の男の面影がいやでも思い出される。

——逃がさないよ。俺、必ず凜子さんを俺のものにする。必ずね。

男は不気味な顔つきでそう宣言した。

そんな男の血走った目つきに鳥肌を立て、改めて凜子は重いため息をついた。

第三章　湯けむりの中で

1

「おはようございます」

翌朝。

広瀬はいつものように、宿泊客たちの朝食の準備を進めていた。

するとこれまたいつものように、仲居の着物に着替えた春海が明るい声であいさつをして厨房に入ってくる。

「あ、お、おはよう……」

春海と目が合った。しかし、いつもとはやはり反応が違う。たしかに、同じようにふるまおうとはしているようだ。だが春海の笑顔はこわばって、広瀬とチラッと目が合うなり、その目は泳ぎ、落ちつかない様子で身じろぎをする。

だが、それは広瀬も同様だった。

なんとかあいさつこそしたものの、ここから先、いったいどんなやりとりをすればいいのか途方に暮れるばかりである。

「もう少しで料理、あがるから」

「はい」

スタンバイ間近の朝食の用意に夢中になるふりをした。春海は邪魔にならないところで、気を利かせて片づけの作業をしてくれる。

今朝の朝食は詩麻子と凜子の二人分だ。凜子も体調が戻ったため、通常の朝食を準備していた。

「義兄さん」

てきぱきと片づけを続けながらだった。明るいトーンながらも、どこか緊張感の混じった声で春海が広瀬を呼ぶ。

「……えっ」

「私、本気だからね」

広瀬を見ようとしなかった。驚いた広瀬がふり向くと、春海はわずかに微笑みながらも、意を決した顔つきでしゃべっている。

「私、義兄さんの女になりたい」

「春海ちゃん……」

「義兄さんと二人、ずっとずっと、この海鳥亭で歳をとっていきたい」

「いや、でも……裕弥君――」

「断ることにしたから」

ようやく春海はこちらを見た。

その顔に、すでに笑みはない。真剣な表情で、しかも熱っぽく広瀬を見る。

「こ、断るって……」

「だって、義兄さんが抱いてくれたから。遊びだったの。違うよね」

広瀬はなにも言えなかった。胸底に鉛でも呑みこんだような重さがひろがる。

「春海ちゃん……」

「私、義兄さんへの態度、変えることにしたからね」

「えっ」

こわばった表情ながらも、春海は白い歯を見せて微笑んでみせる。

「だって、もう私、義兄さんの女でしょ」

「は、春海ちゃ――」

「そもそもこの宿だって、私たち一族の土地に建てたものじゃない。そりゃローンでお金を支払ってるし、今となってはもう義兄さんの土地かもしれないけど、私にだってここに居座る権利はあると思う」

広瀬はもうなにも言えなかった。まずいことになったと、重苦しさに押しつぶされそうになる。

しかし、悪いのは自分だ。「遊びだったの。違うよね」と問われ、返す言葉がないのがなによりの証拠である。

春海はふたたび作業に戻った。広瀬も乱れる心を奮い立たせ、朝食の用意に戻る。

(どうしたらいいんだ)

とまどいながら自問した。ブルーな気分が全身にひろがる。

(えっ)

不意にたおやかな凜子の笑顔が、思いがけない鮮烈さで蘇った。

広瀬はますますうろたえて、慌てて凜子の幻をふり払った。

2

「こんにちは」

凛子が厨房に顔を出したのは、その日の午後のことだった。

「あ、どうも」

広瀬は一人でメニューの改良をしていた。

小さな宿だとは言え、専任の従業員は春海ただ一人。手分けをしてやらねばならないことはいろいろとある。

本館内のあちこちや客室、温泉施設の掃除と点検。客の目には見えない部分の修理や調整。足りなくなったものの補充などで外に出なければならないこともあれば、このご時世、インターネットで発信する情報のアップデートにもそれなりに時間をとられてしまう。宿に出入りするさまざまな業者との折衝だって、数が重なればそれなりに時間も労力も奪われた。

しかし、ときとともに春海が成長してさまざまな仕事に精通してくれたこともあり、最近ではかなりの時間を料理に費やせるようになってきている。

料理人の広瀬としては、やはり料理に関する作業をしているときが一番幸せだった。しかも手持ちのレパートリーだけでお茶を濁そうとするのではなく、新たなメニューを追加したり、既存のメニューに新味を出そうと試行錯誤したりできるような時間は、はっきり言って至福のときである。

「なにをなさっているのですか」

どうやらひと風呂浴びてきたところらしい。

凜子もこの宿に泊まるほかの客たちと同様、何度も温泉を利用しては気持ちよさげに頰を艶々させていた。

元気が戻ってくれたことに、広瀬は浮き立つ気分になる。

「ちょっと今までのメニューにひと工夫を」

楚々とした美貌に胸を躍らせながら、ちょっぴり緊張して答えた。

「そうですか。まあ、いい匂い。入ってもよろしいですか」

すると凜子は興味津々な様子で目を輝かせ、柳眉を八の字にして広瀬に聞く。

「え、ええ」

広瀬はぎこちない笑顔で凜子に返事をした。凜子は厨房の中をうれしそうに見まわし、広瀬のいる調理台に近づいてくる。

「きれいになさっているのですね」

「まあ、料理人の基本です」

「ですね。でも、本当に掃除が行き届いていて。なにをお作りになっているのです」

調理台の試作品を目に留め、凜子は声を華やがせた。

小料理屋を営み、自らも腕をふるっている彼女にしてみれば、広瀬の仕事は心惹かれるのだろう。

「えっとですね、ふぐの天ぷらを、味つけを変えていろいろと試してるんです」

「ふぐでしたか」

「そろそろ、旬《しゅん》もしまいですけどね」

「わあ、いい匂い」

浴衣姿の凜子は瞳をキラキラと輝かせ、身を乗り出してふぐの天ぷらを見た。

「土佐《とさ》の青海苔《あおのり》の、なかなか入手できない高級品が手に入ったものですからね。この青海苔の風味を活かす形で天ぷらを改良できないかと思って、いろいろやってたんです」

「まあ、土佐の青海苔。スジアオノリですよね」

凜子は嬉々《きき》として微笑んだ。

この人も料理が好きなのだなとわかる、幸せそうな笑顔である。広瀬は甘酸っぱく胸を疼かせた。まさか客と、こんな会話ができるとは思わない。

「そうです。たこ焼きやお好み焼きにふる青のりとは格が違いますからね」

「ですね。スジアオノリなら、たしかに天ぷらが一番だと思います。旬のふぐと合わせたらおいしそうですね」

「試食してみますか」

よくわかっているとうれしくなりながら、広瀬は聞いた。

「えっ、よろしいのですか」

「まだ試作段階ですけど」

「わあ」

凛子は小躍りせんばかりだった。清楚な美貌いっぱいに喜びを溢れさせている。箸《はし》を渡すと、上品な挙措で天ぷらを挟んだ。サクッと小気味のよい音を立て、揚げたての天ぷらを試食する。

「まあ、おいしい……」

驚いたように、うなずきながら咀嚼《そしゃく》した。その表情を見る限り、決して世辞ではない気がする。

「いけそうですかね」

「いい味が出ています。ああ、ふぐの甘みと青海苔の風味がミックスして……ほっぺたが落ちてしまいそうです。うん。カボスもいい感じで味が利いている。

青海苔とのバランスも絶妙だと思います」

「そうですか。じゃあ、この配分量で決まりかな」

「おいしいです。広瀬さんの料理、どれも素晴らしいですけど、このふぐの天ぷらも……いやだ、お行儀が悪いですね。ムシャムシャ食べてしまいます」

「あはは」

「ウフフフ……」

凜子は片手を口もとに当て、恥ずかしそうに微笑みながら目を細めた。

（かわいい）

そんな熟女に、広瀬はついキュンとなる。

そして自分が、この美しい人にやはり特別ななにかを感じているらしいことに改めて気づき、滑稽《こっけい》なほど動揺した。

「どうかしましたか」

「あ、いや、別に」

きょとんとした表情で見つめられ、顔が熱くなった。広瀬はごまかして笑い、ノートにレシピのメモをとる。

「ふぐと言えば……私のお店ではふぐの煮つけもよく出ますよ」

凛子はそう言って、さらに広瀬と話をしようとした。

「ほう、そうですか」

「ええ。特に女性にはすごく人気があります。水とお醤油《しょうゆ》、砂糖と酒を——」

「煮立てて」

「そうしたら、身欠きしたふぐを骨ごと入れて、さらにグツグツ煮て」

「骨からいいダシが出そうだ」

「そうなんです。これがとってもおいしいんです」

凛子は身体を揺さぶって、うれしそうに笑う。胸もとで、たわわな豊乳がユッサユッサと艶めかしく揺れた。

「うちでもやってみようかな」

広瀬は慌てて視線を逸《そ》らし、料理の話に集中しようとした。

心臓の鼓動が増し、こんなふうに凛子と二人、話をしていられることに浮き立つような多幸感にかられる。

「ぜひぜひ、試してみてください。あ、それじゃ、私もお店で広瀬さんのふぐの天ぷら、試させてもらってもよろしいですか」

「青海苔、少し持っていきますか」

「そんなそんな。でもこの味、舌でしっかり覚えておかないと……」

凜子はそう言って、そっと瞼を閉じた。舌にひろがる感触をたっぷりと味わって記憶に残そうとするかのように、ゆっくりと天ぷらを咀嚼する。

そんな凜子の色白な小顔は、やはりため息が出るほど美しかった。

「お店は一人でなさってるんですか」

「あっ、ええ、今は。二年前までは主人とやっていたのですが、亡くなってしまったものですから」

「あ……そうでしたか」

まずいことを聞いてしまったかと、いささか慌てた。しかし、凜子が未亡人だとわかったことは思いがけない収穫だった。

「すみません、詮索《せんさく》するようなこと聞いてしまって」

「いえ、そんな」

「…………」

「私、最初は勘違いしていました」

「は」

「あの仲居をなさっているきれいな女のかた。春海さんでしたか。あのかたとご結婚なさっているのかと思ってしまって」

「あ……」

華やぎかけていた気持ちが、たちまち暗転する心境になった。昨夜この場所で春海としてしまったことを思い出すと、いたたまれなさはますます募る。

「詩麻子先生からうかがいました。義理の妹さんだとか」

「ええ、まあ……」

「奥様のことも聞きました。おつらかったでしょうね」

「そんな。凜子さんこそ……」

凜子は表情を曇らせて広瀬を気遣った。そうした未亡人の思いやりに、広瀬は胸を締めつけられる。

「奥様、お亡くなりになったのは」

「もう三年になります」

「そうですか」

「…………」

「お互い、遺された者もそれはそれで大変ですけど、まだ若いのに逝《い》ってしまうというのは本当に……」

「ですね」

広瀬の亡妻のことを話題にしつつ、失った夫にも思いを馳せているのがよくわかった。

伏せた瞳が寂しげに揺れ、未亡人ならではの濃密な色香を撒《ま》き散らす。

「広瀬さんは、もう立ち直られましたか」

「さあ、どうでしょう」

案じるまなざしで見つめられ、思わず苦笑した。たしかに少し前までは、とても立ち直ったとは言いがたかったと自信を持って言える。

だがこのところの妻への裏切りは、いささか常軌を逸していた。とても仏壇の前で、亡き美和に堂々と胸を張れない。

詩麻子に春海——いやそれどころか、広瀬は自分が目の前のこの人に、妻以来とさえ言ってもいい特別な感情を抱いてしまっていることにも気づいている。

返す言葉は、どうしても曖昧《あいまい》になる。

「凜子さんは、どうですか」

「えっ」

「まだ……立ち直れませんか」

そう聞くと、凜子は弱々しく微笑したまま、またも目を伏せた。きっとこの人の心には、今もまだ亡き夫がいるのだろうといやでも痛感させられる。

広瀬は未亡人の一途《いちず》な想いに心打たれた。

そして同時に一抹の寂しさも感じてしまい、一人で狼狽する。

(それにしても)

広瀬は思った。

詩麻子の鑑定を受けたかったという思いはたしかにあったろう。だが、そもそも凜子はどうしてあのような体調を押してまで、わざわざこんなところにきたのだろうか。

いろいろと事情があるとはたしかに言っていた。まさか男がらみではあるまいなと、よけいなお世話を承知で心配になる。

こんなふうに勘ぐってしまうのは、凜子に対する感情がどんどん膨張してしまっているからだろう。あさってには宿をチェックアウトして出ていってしまうと思うと、言うに言えない寂しさは正直自分でもいかんともしがたい。

(春海ちゃん……)

そんな広瀬の頭の中に、またしても春海の笑顔が蘇った。

一段と心が重さを増し、憂鬱がひろがる。

広瀬は凜子を見た。

「ウフフ……」

凜子も広瀬の視線に気づいた。ブルーになる自分を取り繕うかのように、白い歯を見せてたおやかに、清楚な熟女は微笑んだ。

「よけい、めんどくさそうなことになってきてんじゃないのよ……」

そう呟いて女湯に向かったのは、浴衣姿の詩麻子であった。

本当に、厨房の前を通らないと温泉にいけないこの構造は、なんとかしたほうがいいとお節介ながら思う。

「凜子さんを見る広瀬さんの目つき、ただごとじゃない。あン、いやだ。前世プレイどころじゃなくなってきちゃったじゃない、広瀬……」

ブツブツと文句を言いながら、足を速める。

なんだか無性にいやな予感がすることを、詩麻子は誰にも言えなかった。

3

「お待ちしておりました、田中様《たなか》」

海鳥亭に、新たな客がチェックインをしたのは午後四時ぐらいのことだった。

本日唐突に申しこみがあり、数日間の投宿を申しこまれた。

玄関ホールのすぐ右手にあるフロント。

春海がにこやかに応対し、チェックインの手続きをはじめている。

「いらっしゃいませ」

そんな春海の横に並び、広瀬はやってきた客に頭をさげた。

客の名は田中といった。三十五、六歳ぐらいの、顔立ちの整ったなかなかの二枚目である。

「どうも。いやあ、ラッキーでした。空き部屋があってほんとによかったです」

田中は春海と広瀬に笑顔をふりまいた。なにが珍しいのかキョロキョロとさかんに周囲を眺めている。

空室があることなど日常茶飯事だった。広瀬はお茶を濁して苦笑するしかない。

宿泊者カードに田中が書いている住所を見ると、東京からきたようだ。

「遠くからありがとうございます」

広瀬は恐縮して礼を言った。すると田中は破顔して、聞いてもいないのにまくしたてる。

「食いしんぼうでしてね。あはは。この時期ならではの海の幸を楽しみたくて、お世話になることにしたんです。こちらの宿、料理がいいと評判でしたんで」

「こちらの支配人兼板長、広瀬が腕によりをかけてご提供させていただきます」

すると、春海が満面の笑顔とともに広瀬を紹介しながら言った。

「そうですか。楽しみにしています」

「小さな宿ですが、お風呂も自慢なんですよ。ぜひ、そちらものんびりとお楽しみください」

春海はついでに如才なくＰＲする。

「そいつは楽しみだなぁ」

田中はうれしそうに、なおも相好を崩した。そんな田中に春海がキュートな笑顔で答える。

広瀬は春海の脇で木偶《でく》の坊のように、ぎこちない愛想笑いを続けた。

4

そして、今日も一日が終わった。

「やれやれ……」

着替えた春海を帰し、自分の部屋に引っこんだ。

広瀬の私室は本館の一隅にある。

フロントの背後に小さな更衣室を擁した事務室があり、広瀬のプライベートルームはさらにその奥に設けられていた。

四畳半ほどの和室にささやかなキッチン、トイレと浴室がついた小さな部屋。

かつては、宿から車で十五分ほどのところにあるマンションに美和と暮らしていた。

この部屋は、休憩スペース兼多忙の際の簡易宿泊施設として用意したものだ。

だが妻を亡くしたのを契機に、マンションは処分した。

生活のすべてをこの場所にまとめてしまおうと、プライベート部分を大幅にリニューアルし、一人でここに暮らせるようにしたのである。

美和の私物を処分してしまうと、残ったものは案の定さして多くはなかった。

だからここで暮らしはじめて二年にもなるが、畳張りの私室はがらんしている。小さな丸テーブルに、そこそこのサイズの液晶テレビ。キッチンでは小型冷蔵庫が小さな音を立てて呻っていた。

もちろん、客室の電話とつながった、フロント機能を持つ電話も引いている。フロントの仕事は二十四時間体制だ。なにかあったときはいつなんどきであろうとも、ここから飛び出して作業に当たった。

……コンコン。

（えっ）

シャワーを浴びてからビールでも飲もうかと考えていたときだ。突然、部屋のドアが控えめな音でたたかれる。

（春海ちゃん？）

もしかして、春海が帰ってきたのだろうか。事務室の奥にあるこんなところにまで、客が訪ねてくることはまず考えられない。

ドアには内側から鍵《かぎ》をかけていた。慌てて駆けよった広瀬はロックを解除し、ノブをつかんでドアを開ける。

「義兄さん」

「あ……」

案の定、そこにいたのは春海だった。

広瀬がドアを開けるや、もうこれ以上我慢なんかできないとばかりに、熱烈な動作で彼のもとに飛びこんでくる。

「は、春海ちゃん……」

「義兄さん。義兄さん、義兄さん。豊義兄さん」

むしゃぶりつくかの勢いで広瀬に抱きついた。そんな春海の迫力に押され、広瀬はズルズルと後退する。

「どうしたの、春海ちゃん」

「帰りたくない」

「えっ」

「泊まっていきたい。義兄さんと一緒にいたい」

どこか甘え、そのうえ思いつめてもいるその声は、ふだんの春海のものとは響きが違った。

天真爛漫ではあるものの、駄々っ子になってわがままを言うような女性ではない。育ちのよさは、姉妹共通だ。それなのに、今の春海はいつもと違う。

「春海ちゃん……」

「義兄さん、私とエッチしたくないの」

「えっ、ええっ」

「この間みたいに、私がほしいって思ってくれないの。いいのに。いつだってあげるのに。義兄さんに望んでもらえるなら、わ、私」

「あああっ」

とまどうせいで、つい足下がおろそかになった。足がもつれてバランスを崩す。見事に尻餅をついたどころか、背中まで畳に打ちつけた。あまりの間抜けさに顔が熱くなる。

「ああ、義兄さん、お願い。私に興奮して。ほかの男の人たちみたいに、いやらしい顔して私を見て。誰にも言えない気持ちになって」

「は、春海ちゃん、あああ……」

倒れた広瀬の股の間に、春海はすばやく陣取った。

広瀬の制服の白ズボンに、今夜もすばやく指を伸ばす。問答無用で下着ごと、ズルリと完全に足から剝いた。

「や、やめて。春海ちゃん……」

「やめない。どうしてやめてなんて言うの。エッチな気持ちになって。こいつがいないとだめだって思って。お嫁になんか絶対やらないって。いつも、こ、こんなふうに……こんなふうに、こいつと気持ちよくなっていたいって」

「あっ……」

広瀬はビクンと身体を震わせ、たまらず背筋を浮かせた。まだこれっぽっちも感じてなどいない肉棒を、パクリとまるごと口の中に搦め捕られる。

「待って……春海ちゃん……」

「待たない。んむぅ……言ったよね、私。義兄さんへの態度、変えることに決めたって。それに、私たちもう男と女の関係でしょ」

「ああ……」

……ピチャピチャ。ぢゅぽ。

前へ後ろへと顔をふり、春海は熱っぽいフェラチオで広瀬のペニスをしゃぶりはじめた。すぼめた唇で棹の部分をしごきつつ、くねらせる舌でれろれろと亀頭をしきりに愛撫する。

「うお、うおお……」

やめてくれと思いながら、広瀬は畳の上を這《は》った。

しかし、春海はペニスに吸いついて離れない。這いずる広瀬のあとを追い、鼻息を荒げて膝を進める。

「むふぅ、んっんっ……義兄さん……義兄さん……」

着替えた春海は私服姿だ。

ボリューム袖のグレーニットにワインカラーの膝丈スカートという、いつもながらのセンスのいい装い。すらりと長い美脚には黒いパンストも穿いていた。

「ああ、春海ちゃん、待って。待ってって。おおお……」

広瀬は身悶えながら春海に訴える。

だが、しゃぶられる肉棹は持ち主の意志とは裏腹だ。

過敏な亀頭に舌を擦りつけられ、しぶくような快感が煮沸した。海綿体がムクムクと膨張し、春海の小さな口の中で硬度と大きさを増していく。

「むふぅ、むふぅ、義兄さん……ああ、おっきくなってきた……」

「あああ……」

春海はちゅぽんとペニスから口を放した。解放された七分勃ちの怒張が、唾液の雫をブルンと飛び散らせる。

春海は両手をクロスさせ、ニットの裾をつかんだ。そしてそのまま一息にグレーのセーターをたくしあげ、細い首からすべて抜く。

中から露になったのは、紫色のブラカップに包まれた豊乳だ。今度は背中に手をまわした。プチッと小さな音を立ててブラジャーをはずす。

――ブルルンッ！

「うおお、は、春海ちゃん」

はじき飛ばされたように、ブラカップが飛んだ。とうとうたわわなおっぱいが、なにひとつ遮るもののない状態で広瀬の視線にさらされる。

じつに形のいいまんまるなおっぱいは、おそらくFカップ、八十五センチほどはあった。はちきれんばかりにふくらんで白い乳肌にさざ波を立てる。

量感たっぷりに盛りあがる乳房の先端には、淡い鳶色をした乳輪と乳首が恥ずかしそうに飛び出していた。

野いちごさながらのまるい乳芽は、ぷっくりとふくらみきっている。痛いのではないかと思うほどパンパンに張りつめ、得も言われぬまるみをこれでもかとばかりに見せつける。

「はぁはぁ……義兄さん、私、こんなこともできるよ」

「おわっ」

哀切な声で訴えると、春海はたぷたぷと乳を揺らして広瀬ににじり寄った。白魚の指に七分勃ちのペニスを摘まむと、ふにゅり、ふにゅりと左右からたわわなおっぱいを押しつける。

「くぅぅ、ちょ……春海ちゃん」

「感じて。ねえ、男の人ってこういうのが好きなんでしょ。そうだよね」

「わわっ」

激しい動きの連続のせいで、春海の乳房は早くもじっとりと艶めかしい湿りを帯びていた。

そんなおっぱいが左右からムギュムギュとペニスを圧迫した。

しかも、乳房のプレス感はそれだけではない。

持ち主は、右と左からおっぱいをつかむと、フンフンとリズミカルに鼻息をこぼし、上へ下へと乳房をふって卑猥なパイズリ奉仕をする。

「うお、うおおお……ああ、春海ちゃん……」

(春海ちゃんが、こんないやらしいことまで)

強烈な摩擦で、温かな乳房が亀頭と棹を擦り立てた。

思いがけない熱さとザラザラ感の二重奏《デュエット》で、スリッ、スリッと極太を強引かつ横暴に揉みくちゃにする。

汗ばむ乳肌と肉傘が擦れ合うたび、甘酸っぱさいっぱいの衝撃が瞬いた。

甘美な閃きは目の裏でも起こり、ペニスがキュンと疼くたび、まっ白な火花が視界を白濁させる。

「うう。春海ちゃん、そんな」

「感じて。義兄さん、エッチになって。獣になって。やさしいだけの義兄さんなんていやだよう。女として見てほしい。エッチな気持ちで見てよう。んっ……」

「おおお……」

春海はクチュクチュと口をすぼめ、泡立つ唾液をドロドロと、乳の谷間に降り注いだ。たっぷりの唾液が潤滑油になり、ペニスの滑りは一段と快適なものにエスカレートする。

「あぁン、義兄さん……はあ、はあああぁ……」

……グチュグチュ。ヌチュヌチュヌチュ。

「おお、おおお……ああ、だめだ。春海ちゃん、そんなにしたら、で、出る……出る出る出る」

すでに男根は、完全に勃起して乳の谷間に屹立《きつりつ》していた。春海のおっぱいの熱さ以上に熱を持ち、焼けるような感触を義妹の乳肌に鮮烈に伝える。

肉傘とおっぱいが擦れ合うたび、耽美な電気が火を噴いた。じわり、じわりと射精衝動が、度しがたい強さで肥大する。

(も、もうだめだ)

「ハアァン、感じて、義兄さん。いっぱい感じて。ああ、すごい。ち×ちん、こんなにピクピクいって……あぁ、義兄さん……義兄さん!」

春海は唇を嚙み、猛然と巨乳を上下に揺さぶった。

二つのおっぱいにグシャグシャに揉まれ、行き場をなくした怒張の先からプップとカウパーが糸を引いて飛び散る。

「うう、だめだ。もう出る、出ちゃうよ、春海ちゃん」

「出して。好きなだけ出して。顔にかけさせてあげる。私の顔に。んっ……」

「うわあ、もうだめだ。き、気持ちいい。うおおお!」

——びゅるる! どぴゅどぴゅ、どぴゅぴゅぴゅ!

欲望のリキッドが超高速で尿道をせりあがり、亀頭の先から噴き出した。

「きゃあああ」

春海は艶めかしい悲鳴をあげ、ようやくぴたりと動きを止める。

自らペニスに顔を突き出し、射精を受け止める務めを果たした。ギュッと目を閉じたまっ赤な美貌に、湿った音をビチャビチャと立て、あとからあとからザーメンが唸《うな》りをあげて飛び散っていく。

「ああ、春海ちゃん……」

「いいの。んぷっ。好きなだけ出して。すべて……受け止めてあげる……」

乱れた息を整えながら、うっとりとした顔つきで射精の的になった。可憐な美貌をドロドロと、濃厚なザーメンが容赦なく穢して貶《おとし》める。

「くぅ、春海ちゃん……」

「はぁはぁ……義兄さん……はうぅ……」

締めつけられたおっぱいの狭間《はざま》で、ペニスがなおもビクビクと雄々しい痙攣をくり返した。

広瀬も深呼吸をくり返し、うっすらと汗さえ滲ませた義妹の美貌を複雑な気持ちでじっと見た。

5

——同じころ。

その男は、いてはならない場所にいた。

「…………」

田中である。誰にも見られていないことを確かめた。音もなく、共同浴場の女湯へとしのびこんだ。

脱衣所の入口には、一足の草履があった。その草履が誰のものであるかも、田中は把握している。そして、この宿に投宿中のもう一人の女性客が、ついさっきここから出ていったばかりであることも。

風呂場へと続く曇りガラスの引き戸ごしに、風呂に浸かったその人が気持ちよさそうに肩に湯を浴びせる音が聞こえてくる。

田中はゾクリと興奮の鳥肌を立てた。着ていた浴衣と下着をあっという間に脱いで全裸になる。

股間では、すでにペニスがにょきりとまがまがしく反り返っていた。どす黒い棹の先端で、生々しい赤銅色をした大きな亀頭がぷっくりと肥大している。

　ドキドキと淫靡に心臓を打ち鳴らした。

　もう一度、脱衣場の入口をふり返る。大丈夫。誰かがやってくるはずはない。ホテルのスタッフも、フロントの奥に消えていた。

　大股で曇りガラスの引き戸に近づいた。取っ手に指をかける。カラカラと、横へと引き戸を滑らせた。

「……っ？」

　その人は、湯船に体重を預けたまま、こちらに背中を向けていた。引き戸が開かれる音に気づき、不審そうな様子で慌ててこちらをふり向いた。

「――えっ」

　その顔が一気にこわばり、フリーズする。自分が今目にしているものが信じられないという表情になった。

　風呂に入っているのは、全裸の凜子だ。

「つ、蔦沼《つたぬま》さん⁉」

　引きつった声で、凜子は男の名を呼んだ。口にしたのは、田中ではなかった。

　田中――いや、蔦沼はニヤリと口角を吊りあげると、そのままズンズンと湯船に向かった。

風呂場には白い湯けむりがもうもうと立ちこめている。イオウの臭いが鼻をついた。股間のペニスがブルブルと、いやらしく上下になる。

それに気づいた凜子は、ますますいたたまれなさそうな顔つきになった。

「いや……いやあっ」

「ようやく見つけましたよ、凜子さん」

湯で身体を浄めようともせず、蔦沼はいきなり湯船に入った。バシャバシャとけたたましい音を立てて湯のしぶきが散る。

「きゃああ。ちょ……なにをしているのですか。ここ、女湯ですよ」

「わかってます。でも、ここしか凜子さんと話せる場所はないって思ったもんだから」

湯船に移った蔦沼は、慌てた様子であとずさる凜子のもとに接近した。

「いや。こないで……こないで」

「ああ、凜子さん」

「きゃあああ」

いやがって身をすくめる美熟女に、獰猛にむしゃぶりついた。パニックになった凛子は必死にまるくなり、恥ずかしい部分を隠そうとする。

この宿に凛子がいると知ったのは、詩麻子のもとを訪れて鑑定をしてもらった女性客が知り合いだったからだ。その女が「小料理屋の女将《おかみ》さんにそっくりな人を見た」と証言したため、蔦沼は慌てて飛んできた。

そして、自分も客の一人になり、たしかに凛子が泊まっていることを突き止めた。念願の相手を捕捉した蔦沼は、凛子と二人きりになれるチャンスを待っていたのである。

「会いたかった。こんなところに逃げこんでたんですね。ああ、凛子さん」

蔦沼は強引に、熟女の裸身をかき抱いた。

いやがって暴れる凛子に有無を言わせず、細いあごを指につかむと、無理やり顔をあげさせる。

「や、やめて――」

「愛してる、凛子さん。愛してるんだ」

「んむぅ……」

かぶりをふろうとする凛子の唇を強引に奪った。

フンフンと熱い鼻息を漏らしつつ、ぽってりと肉厚でセクシーな朱唇に、おのが唇を強引に押しつける。

凜子は「ううっ」とせつなく呻き、その目をギュッと強くつむる。

「ああ、凜子さん、捕まえた。んっんっ……もう、逃がさない」

「んむぅ、むんぅ、つ、蔦沼さん、や、やめ、て。むぅンン……」

……ちゅうちゅぱ。ぢゅる。

右へ左へと顔をふり、自分の唇を凜子に押しつけた。

そうしながら、懸命にクロスしようとする熟女の腕を力任せにどかし、隠そうとするおっぱいをなんとしてでもさらさせようとする。

「い、いや。やめて……大声、出しますよ……」

「誰にも聞こえやしませんよ。ああ、見たい。凜子さんのいやらしいおっぱい。ほら、見せてください。俺の未来の奥さんの、おっきなおっぱい」

「きゃあああ」

蔦沼は凜子の手首をつかんだ。

逆らうことなど許さないと言わんばかりの横暴さで、凜子の片腕を胸もとから万歳をさせて引き剝がす。

……たゆん、たゆん。

「おお、凜子さん。とうとう見えた……ああ、凜子さんのエロいおっぱい」

「あああああ」

腕の下から飛び出したのは、小玉スイカのように盛りあがったまるく大きな乳房であった。湯に濡れた乳はたぷたぷと弾み、お湯のしぶきを飛び散らせる。

Gカップ、九十五センチは軽くある。見事な双乳は、頂に西洋人のようなピンクの乳首と乳輪を持っていた。

乳輪は白い乳肌から、一段高くこんもりと盛りあがっている。

そんな乳輪の中央に、サクランボを思わせるまんまるな乳首がキュッと肉実を締まらせていた。

男の理性を狂わせる、健康的なエロスに満ちたおっぱいだ。蔦沼は息づまる気分になり、片房の頂にはぷんと勢いよくむしゃぶりつく。

「きゃああ。いや、やめて。蔦沼さん……やめてください」

「おお、凜子さん、た、たまらない」

……ちゅうちゅう。ぢゅる。ちゅぱ。

「ああ、いや。吸わないで。放して……いや。いやぁ……」

蔦沼が興奮して吸いつくや、凜子はビクンと熟れた肢体を震わせた。

そんな自分にとまどって、必死に身体をふり、あとずさり、蔦沼から乳房を放そうとする。

しかし凜子がそんなふうに抗《あらが》えば抗うほど、逆に蔦沼はいっそう燃えた。

「きゃあああ」

「おお、やわらかい。ああ、凜子さん」

凜子のもう片方の手も乱暴な力で胸から剝がした。露になったもう片房を浅黒い指でわっしとつかむ。

感激のあまり上ずった声をあげた。

もにゅもにゅ、もにゅもにゅと、ねちっこい手つきで乳をせりあげ、心の趣くままに変形させる。

「ひいぃん。ひいいい」

「うお、おおお……」

そうしながら、二つの乳房の頂に交互にちゅうちゅうと吸いついた。

どちらの乳房も鷲づかみにしてネチネチとまさぐりつつ、次は右、今度は左と吸い立てる乳首を変えて責め嬲る。

「あぁん、やめて……やめてください。誰か……誰かあああ」

「無駄ですよ。聞こえやしませんって。ああ、乳首、こんなに勃起して」

「し、してません」

「してますって。ほら、わかりませんか。こんなに勃起してる。こんなに」

……ねろねろ。ねろねろねろねろ。

「あああ、あああああ」

凜子はいやいやとかぶりをふり、両手をつっぱらせて蔦沼を押し返そうとした。しかし、しょせんはか弱い女の力だ。蔦沼はそんな抵抗をものともせず、その顔を赤黒く火照らせた。なおも一心に乳首を吸い、凜子の乳の頂を汚い唾液でベチョベチョにぬめらせる。

「ああ、いや。いやあああ……」

「おお、興奮する……凜子さんだって、ほんとは感じているんでしょ。あいつを亡くして、もう二年ですよね。この身体じゃ耐えられないんじゃないですか」

「きゃあああ」

昂る蔦沼の行為は一段とエスカレートした。片手を凜子の乳房から放すと、彼女の股のつけ根へといきなり指を潜らせる。

「いや。いやあああ」

驚いたのは凜子である。

慌ててさらに太腿を閉じ、蔦沼の狼藉《ろうぜき》を許すまいとした。

蔦沼の指は凜子の股間と太腿の間に挟まれる。必死に動かそうとするものの、凜子は腿を締めつけて、それ以上の動きを懸命に拒む。

「くぅ。凜子さん、触らせて、凜子さんのオマ×コ。もしかして、もう濡れてるんじゃないですか」

「ば、ばかなこと言わないでください。ああ、やめて」

蔦沼はすごい力でグリグリと手首を回転させ、凜子の陰部をなんとか指で触れようとした。しかし凜子は渾身《こんしん》の力で、そんな蔦沼に抵抗する。

「いや。いやああ」

「いいじゃないですか、もう許してくれたって。あいつだって、もうしかたがないってあきらめてくれてるはずですよ」

「いやです。ああ、いやあ。お願い。もう、やめて。誰か……誰かあああ」

「だから、聞こえやしませんって。ああ、凜子さんのオマ×コだ。オマ×コ――」

「なにをしてる!」

そのとき突然、曇りガラスの引き戸が開いた。

蔦沼はギョッとする。

急いで凜子の股間から指を抜くと、目を剝いてそちらをふり向く。

「きゃあああぁ」

浴場いっぱいに、けたたましい凜子の悲鳴が響いた。慌ててふたたびまるくなり、恥ずかしい場所を隠そうとする。

蔦沼は舌打ちをした。

そこに立っていたのは広瀬という名の、この宿の責任者だ。

6

（ど、どういうことだ）

広瀬は我が目を疑った。

どうして田中が女湯にいるのだ。

しかもいやがる凜子にむしゃぶりつき、とんでもない行為を働いていたようである。

「お客さん、なにしてるんだ」

衝きあげられるような怒りに震え、広瀬は怒鳴った。もう少しで後先考えず風呂場に飛びこみ、田中を殴ってしまいそうになる。

だが、それも無理はなかった。なにしろ田中が悪戯《いたずら》をしていたのは、ほかでもない凜子なのである。

なんとか春海を家に帰し、やれやれと思いながら、冷たい空気でも浴びようと外に出ようとした。

すると、温泉施設のほうからただならぬ声が聞こえた気がした。広瀬は慌ててここに駆けつけ、とんでもない現場に遭遇したのである。

「なにって……」

しかし、田中は悪びれない。ふて腐れたように苦笑して、これ見よがしに唇まですぼめる。

「久しぶりに会えた恋人と、愛を確かめようとしてただけですよ」

「えっ」

田中の言葉に、広瀬は虚をつかれた。

恋人。久しぶりに会えた……愛を確かめようとした？

「ふ、ふざけたこと言わないでください」

すると、凜子が感情を露にして田中を罵倒《ばとう》した。

「私、蔦沼さんに恋人呼ばわりされる覚えは……」

（えっ。つ……蔦沼？）

広瀬は眉をひそめる。この男、ひょっとして偽名で宿泊をしたのか。

「なにを言ってるんですか、凜子さん。少なくとも、あんたの亭主は俺とあんたが恋人だって信じこんで、自ら命を絶った――」

「やめてえええっ」

蔦沼の言葉を、凜子は引きつった悲鳴で遮った。

聞き捨てならないきわどいことを、蔦沼は口にした気がする。

だが、そんなことより今はまず田中――いや、蔦沼の傍若無人ぶりをいさめることだ。

「なんにしても、お客さん、ここは女湯だ。出ていってもらわないと困る」

必死に冷静になろうとしながら、声を震わせて言った。

しかし逆に、蔦沼は一気にエキサイトする。

「やかましい。ほかに客はいないんだ。男湯も女湯もねえだろうが」

「なんだって」

「蔦沼さん」

開き直った蔦沼の屁理屈に、頭に血が昇りそうになった。

こちらは基本、客商売。なにがあろうと手など出しては絶対にだめだ——そう思おうとするものの、ことが凜子にかかわることもありどんどん理性を失っていく。

「お客さん、冗談言ってもらっちゃ困ります」

「うるせえ。旅館の人間なんかに用はねえ。俺たち恋人同士の問題だ。すっこんでろ！」

怒気を滲ませた蔦沼は、人格を一変させて広瀬を罵倒した。

「きゃあああ」

そのうえ、広瀬の目の前でまたしても凜子にむしゃぶりつく。

「や、やめて、蔦沼さん。いい加減にしてください」

「それが恋人に言う言葉かい、凜子さん。ああ、会いたかったんだよ」

（殺す）

蔦沼は自分たちは恋人だと主張し、凜子はそれを否定している。なにがなにやらわからないが、それでもはっきりしていることがあった。

目の前で凜子にこんなことをされ、大人しく黙ってなどいられない。少なくとも凜子は、いやがっている。

「お客さん」

蔦沼を呼ぶ声に、ついまがまがしい怒気が滲んだ。このままだと、鉄拳制裁すらしてしまいそうだ。

鼻息も荒く風呂場に入った。洗い場の床を湯船に向かって突進する。

ところが、そのとき思いがけないことが起きた。

「は、放して。放してください！」

思いがけない激しさで、凜子が蔦沼を突き放した。間髪をいれずに浴槽から、大量のしずくを滴らせて立ちあがる。

凜子はもちろん全裸である。

たわわなおっぱいのボリュームはもちろん、その先で息づくピンクの乳輪と乳首、股間にもやつく淡い秘毛の繁茂までもが視界に飛びこみ、広瀬はわたわたとうろたえそうになる。

「広瀬さん」

そんな広瀬を凜子が呼んだ。

どこか甘えた、すがるような声だった。

いつもの凛子とはどこかが違う。広瀬はきょとんと凛子を見た。

凛子は上品ながらもあわただしい挙措で洗い場にあがる。恥ずかしそうにはするものの、広瀬めがけて駆けてきたかと思うと、両手をひろげて抱きついてきた。

（えっ……ええっ？）

しつこいようだが、全裸である。

一糸まとわぬ美熟女が、熱烈な挙措で広瀬に抱きついた。

湯に濡れてあがった裸身の体温が鮮烈だった。プニプニとひしゃげて重たげに弾むおっぱいの感触に浮き立つ。

「り、凛子さ——」

「私の……私の大事な人の前で、とんちんかんなことしないでください」

凛子は蔦沼に、凛々《りり》しい声で怒鳴った。

「は、はあ……どういうことだよ、凛子さん」

蔦沼は当然、色を成した。

湯船から広瀬と凛子を見あげ、険しい顔つきで問いただす。

「はっきり言わなきゃわからないでしょうから、こうなったら言います。いいですよね、広瀬さん」

「あ、いや……」

いいですよねと言われても、なにを言うつもりなのかわからない。

そのうえおっぱいは生々しく、今この瞬間も広瀬の身体にくっついて、フニュリ、フニュリと弾力的にひしゃげている。

炭火そのものの乳首の熱さと硬さまで、広瀬はリアルに感じていた。

（うおおお……）

「私……広瀬さんとおつきあいさせてもらっています。今まで隠していたけれど、ずっとずっとおつきあいしていたの」

すると、凜子が耳を疑うようなことを言った。

「なんだって」

蔦沼が、一段と険しい顔つきになって広瀬と凜子を交互に見た。

（凜子さん、これは、いったい……）

広瀬はグッと押し黙る。

仰天したものの、蔦沼の手前、オロオロはできない。

彼は虚勢を張り、蔦沼に向かって思いきり胸を反らしてみせた。

第四章　深夜の受付カウンター

1

「昨日はすみませんでした。すごく、恥ずかしい……」

凜子が顔をまっ赤にし、広瀬の前で小さくなったのは翌日のことだ。広瀬は凜子の部屋に出向き、畳に端座して彼女と向かい合っていた。

「いろいろ……見られてしまいましたね……」

「あ……」

凜子が言っているのが彼女の全裸のことなのか、それとも蔦沼との修羅場のことなのか、すぐにはわからなかった。

だが、その両方なのかもしれない。

(凜子さんの、裸……)

そんなことに悶々《もんもん》としていてよい状況ではなかった。それなのに、広瀬はついキュンと股間を疼かせてしまう。

昨夜、湯けむりの中で目の当たりにした、匂いやかな裸身が瞼の裏側に蘇った。透き通るように白い肌が、艶めかしい薄桃色に火照っている。胸もとにはたわわな乳房が盛りあがっていた。たゆん、たゆんといやらしく、しかも重たげに揺れる。

乳の先端にしこり勃つ乳首の形も色合いも、広瀬は生々しく覚えていた。それどころか、もっちりとした股のつけ根にこんもりと茂る、黒々とした恥毛の色合いも、繁茂の大きささも。

（いかん、いかん）

心で大きくかぶりをふった。ちぢに心を乱していては大事な話もできない。こほんとひとつ咳払いをした。気持ちを集中して膝を進める。

「それで、凜子さん、あの蔦沼……さんというのは、いったい……」

「ええ、じつは……」

凜子は憂鬱そうにため息をついた。そして広瀬に、ことここに至る顚末《てんまつ》を、ぽつり、ぽつりと話しはじめた。

蔦沼は未亡人になった凜子を恋い慕い、ストーカーのようにしつこくつきまとう、亡夫の友人だった。

凜子は二年前、愛する夫を失った。死因は自殺だった。

夫が死を選んだのは、親友の蔦沼と凜子の仲を疑ったのが原因だ。あることないことを蔦沼から聞かされて疑心暗鬼になり、どんなに妻が否定しても、信じられずにこの世を去ったのだ。

その罪は、蔦沼にあった。凜子に横恋慕する蔦沼は、さも自分が裏で凜子とと んでもない関係を続けているような態度をとり、コラージュした画像など、偽の証拠さえ作って凜子の夫を苦しめた。

もちろん凜子は、終始一貫して無実を訴えた。だが正直、夫への罪の意識がまったくなかったと言えば嘘になる。

ほんの最初の短い間ではあったが、蔦沼に好感を抱いた凜子は彼に心を許しかけた。キスもした。しかしそうこうするうちに、次第に蔦沼の本当の人格に気づくようになったのである。

だが、そのときにはもう遅かった。

蔦沼は二人のキスの現場映像を、凜子に内緒で盗撮していた。軽率にも凜子は蔦沼が一人で暮らすマンションを訪れ、そこでキスされたのである。

蔦沼はその証拠画像を凜子の夫に突きつけた。そして、たとえ彼女がどう言い訳をしようと、裏ではもう俺とつながってしまったのだと夫を苦しめた。

「私たち夫婦には……もう長いこと、夫婦らしい行為はありませんでした。夫の、交通事故の後遺症で……」

そのことを話さなければ肝腎な部分が通じないと思ったのかもしれない。ためらいながらも未亡人は、夫婦の秘密まで広瀬に話した。

「そうでしたか」

「そんな劣等感や、私への複雑な思いも関係していたのだと思います。蔦沼さんは、そうした夫のコンプレックスまで利用して……あの人を追いつめました」

しかも蔦沼は、凜子の夫が亡くなったのをいいことに、いよいよそれまでにも増してしつこく彼女にまつわりつきはじめた。

ふらりと店にやってきては、ほかの客がいなくなるのを見計らい、セクハラ同然のアプローチをくり返した。

凜子の営む小料理屋は小さな店だ。その気になれば、蔦沼にはチャンスなどいくらでもあった。

そのうえ、そうした蔦沼の行為は、ときとともにさらにエスカレートした。店だけでなく、彼女が一人で暮らす自宅にまで平気で押しかけるようになった。

「自分のことしか考えていないのです。私、体調を崩して伏せっていたのに、それでもしつこく押しかけてきて……私、恐怖すら感じて家を飛び出したのです」

「それで、ここに……」

「ええ……詩麻子先生にお会いしたくて……」

「なるほど……」

「広瀬さん」

凜子の気配が変わった。居住まいを正し、真剣な顔つきで広瀬を見つめる。

「助けてください。昨日もお願いしましたけど……前から私と、ずっとつきあっていたことにしてほしいのです」

「凜子さん……」

凜子の訴えに気圧された。広瀬は唇を嚙み、眉をひそめる。

「ご迷惑なことは承知しています。もちろん、嘘でいいのです。演技でいいです。でも、私と……蔦沼さんの前では、恋人のふりをしてもらえませんか」

凜子はそう言って、柳眉を八の字にした。

昨夜、浴場であのような行為に出たのも、詩麻子のアドバイスが理由だと言う。

――「この人とつきあっているの」と男の現物でも突きつけない限り、蔦沼は地の果てまででも追っかけてくる。

詩麻子にそう言われたことが頭をよぎり、咄嗟《とっさ》に広瀬を頼ったのだと凜子は説明した。

「どうしても、縁を切りたいのです、あの人と」

思いつめた目つきで凜子は言った。

「どっちにしても、もうあの街にはいられません」

「……えっ」

「家は処分するつもりです。お店もたたみます。あの人から、少しでも離れた土地で、一からやり直します」

「凜子さん……」

悲壮感漂う決意の言葉に、広瀬は虚をつかれた。

凜子が遠くに行こうとしていることを知り、自分でも驚くほど動転していた。

（……義兄さん）

そんな二人の会話を、こっそりと盗み聞きしている者がいた。

春海である。玄関の引き戸をそっと開け、息を殺して凜子の言葉を一言一句聞き漏らすまいとしている。

（義兄さんとあの人が、恋人のふり……）

冗談ではないと浮き足立った。恋人のふりだけではすまなくなってしまいそうな、いやな予感がどうしてもする。

青ざめた顔で唇を震わせた。凜子に対するもやもやとした思いは、今はっきりとどす黒い嫉妬の形をとった。

2

そして、午後。

広瀬は凜子の客室にいた。

蔦沼も呼び、三人で話をしようとした。

自分と凜子は交際している。三カ月前、偶然彼女の小料理屋を訪れ、出逢《であ》ったことがきっかけだと広瀬は説明した。

人目につくことはしたくないという凜子の希望もあり、二人の交際はひっそりと誰にも内緒ではじめられた。

蔦沼が把握していなかっただけで、今までにも何回か、凜子はここを隠れ宿にして広瀬に会いにきていたと語った。

凜子はそんな広瀬のかたわらに、寄り添うように端座した。ときおりチラチラと、すがるような目つきで広瀬を見た。

女はみんな女優だと言うけれど、たいした演技だと思う。

なにも言わずとも、凜子の目つきは彼女と広瀬の秘めた関係を雄弁に伝えている気がいやでもした。

「凜子さん」

広瀬の話を聞いた蔦沼は、忌々しげに凜子に言った。

「あんた……大人しそうな顔して、けっこう大胆な女だな。俺って男がありながら――」

「で、ですから、私はあなたのことを恋人だなんて思ったことは……」

「キスしただろ、俺の家で。あのときはあんた、マジで旦那《だんな》との関係に苦しんで頼ってきたじゃないか。インポの夫がうざくてしかたないって」

いやみたっぷりの蔦沼の言葉に、凜子は美貌を引きつらせる。

「ち、違います。そんなこと、言っていません。そんなこと、ちっとも思っていないのに、あの人が勝手に苦しんで……あんなにやさしかったのに手まで挙げるようになって……そのことが悲しくて、どうしていいのかわからなくて。だから——」

「俺に好意を抱いたんだろ。だから、あんなに幸せそうにキスまでして」

「あやまちでした。あなたのことを誤解していた。後悔しています。ずっとずっと後悔している」

「キスだけじゃない。乳も揉んだぞ。あのときセックスまでやっときゃよかったな。そうしたら、こんなふうにグダグダ揉めることも——」

「キ、キスぐらいで偉そうなことを言ってもらっちゃ困る」

これ以上、黙ってはいられなかった。聞けば聞くほど凜子のせつなさと苦しみに胸が痛み、蔦沼に対する怒りが湧きあがってくる。

「なんだと」

昂りはじめていた蔦沼が、ギロッと広瀬を睨みすえた。

「いい歳をした大人が、キスぐらいで鬼の首でもとったようなことを言って、恥ずかしいと思わないんですか」

客商売の人間なら、決して客に言ってはいけないことを言った。

海鳥亭をオープンしてからはもちろん、料理人として働くようになってからもこんなことははじめてだ。

「悪いけど、私は……もう、あなた以上に凜子さんのことを知っています。わかりますか、この意味。キスどころじゃない。笑わせないでいただきたい」

「なっ……」

大胆な広瀬の告白に、蔦沼は目を剝いて仰け反った。隣の凜子も驚きかけるが、慌てて感情を抑え、すばやくうつむいて蔦沼から表情を隠す。

「セ、セックスしたって言うのか、凜子さんと」

声を上ずらせて蔦沼が聞いた。広瀬は凜子を見る。清楚な美貌があっという間に、艶めかしい薄桃色に火照っていく。

凜子を恥じらわせるのは本意ではなかった。しかし、こうでも言わなければ埒《らち》が明かない。

「交際をはじめて三カ月ですよ。大人の男と女なんだ。愛しあっていればそうなるのが自然でしょう。あなたとそうならなかったってことは、愛なんてなかったってことです」

「ぬぅ……」

「あなたがどう言おうと、凜子さんにその気がなかったのは歴然です」

「や、やかましい」

蔦沼は激昂した。座布団から怒気も露に立ちあがる。

「ひっ」

身の危険を感じたらしい凜子が、息を呑んで首をすくめた。広瀬はそんな凜子を守ろうと、慌てて彼女の壁になる。

「セ、セセ、セックスしたって言うんだな。俺でさえやらせてもらえなかったのに、り、凜子さんと乳くり合ったって言うんだな」

「つ、蔦沼さん、やめて……」

「ええ、そうですよ。恋人なんだから当たり前でしょ」

「み……見せてみろよ」

「えっ」

挑発する調子で蔦沼が言った。

畳の上に仁王立ちし、広瀬と凜子をギロッと睨む。

「証拠を見せろ。もうセックスまですませてるって言うんなら、キスしてみせろよ。恋人同士ならお易《やす》いご用だろ」

「い、いや、あの」

妬心を煽られ、やけになったか。あるいは凜子が簡単に、亡夫以外の男に身体など許すはずがないという確信めいたものが味方をしたか。

蔦沼は二人を試すような行為に出た。まさかこの場で、そんなことまで求められるとは思わなかった広瀬は、畳から尻を浮かせて狼狽する。

それは、凜子も同じのようだ。

紅潮した美貌が、よけい艶めかしい朱色に染まった。この人はいったいなにを言い出したのかと愕然《がくぜん》としつつ、信じられないといった表情で蔦沼を見る。

「そんなこと……できるわけがないでしょう」

広瀬は必死に反駁《はんばく》した。

「そもそも、恋人同士のそんな行為を人に見せる必要はない」

「ほら、やっぱり嘘なんだ。嘘だからできないいんじゃないか」

すると、蔦沼はここぞとばかりにつっこんでくる。赤黒く火照った顔で目を血走らせ、広瀬と凜子に指まで突きつけ、鼻息も荒く糾弾する。

「だいたい、凜子さんがこんなところまでそう簡単にくるはずがないんだ。店だってあるし、長いつきあいの俺にすら、なかなか心を開かなかった。それなのに、偶然店を訪れただけのおまえみたいな中年男を、この人が好きになるわけが――」

（えっ）

興奮してまくし立てる蔦沼の言葉が止まった。広瀬は広瀬でギョッと目を剝き、全身をこわばらせる。

凜子がいきなり膝立ちになると、思いもよらない熱烈さで、広瀬の唇におのが朱唇を押しつけてきたのだ。

「んぅ……広瀬さん……」

「んんっ……」

（り、凜子さん、そんな……）

「広瀬さん……こんな人、口で言ってもだめです……」

（おおお……）

チュッチュと広瀬の唇に、何度も肉厚の唇を押しつける。仁王立ちする蔦沼に見せつけるように、挑発するように、凜子はキスを見せつける。

「うっ、うう……」

広瀬も驚いたが、蔦沼もびっくりしていた。

ありえないものを目にしているような驚愕の表情で、滑稽なまでに目を見開き、口を半開きにして凜子と広瀬を見る。

「う、うそ……」

「凜子さん……んっんっ……」

「恥ずかしいです……人前で、こんなこと……でも……口で言ってもわからないなら、私たちが本当に愛しあっていること……見せてあげて……」

「むはぁぁ、凜子さん……」

……ちゅうちゅう、ちゅぱ。

右へ左へと顔をふり、凜子は大胆かつ熱烈なキスをしてみせる。

薄目を開けてこちらを見た。その表情は「お願いです。演技して。いやかもしれないけど。ごめんなさい……」と広瀬のことを気遣っている。

(おおお……)

広瀬は痺れる心地だった。甘酸っぱい官能が口から全身にじわじわとひろがる。言うに言えない感情がマグマのようにせりあがってくる。

(俺が……凜子さんとキス。ああ、唇やわらかい……いい匂い……)

ピチャピチャと生々しい粘着音を響かせて、広瀬は凜子とのキスに身を委《ゆだ》ねた。

キスは魔法だ。強烈なマジックだ。

凜子と唇を押しつけ合うたび、秘めた思いがどうしようもなく溢れ出す。

(俺は、やっぱりこんなにも凜子さんのことを……)

肉厚で、ぽってりとした朱唇を押しつけられるたび、股間がキュンとせつなく疼いた。

薄目を開ける。清楚な未亡人は瞼を閉じ、長い睫毛を震わせながら、淫らな行為に溺れていた。瞼の縁から涙が搾り出され、玉のようにまるくなる。

(ああ、凜子さん)

広瀬はもうたまらなかった。衝きあげられるような激情のすべてが、唇を押しつけ合うこの人のことをいとしいと感じて求めている。

わなわなと手が震えた。

その手をひろげてゆっくりと、広瀬は自分の腕の中に未亡人をかき抱いた。

(ああ、広瀬さん……い、いやだ、私ったら)

力の限り抱きすくめられ、凜子は不覚にもとろけてしまいそうになる。

思いもよらない感情が、せつなく疼く胸底いっぱいにひろがった。広瀬に抱かれ、キスをしていることに泣きたくなるような多幸感を覚えている。

そんな自分に、凜子は慌てた。

亡夫の笑顔が脳裏に蘇る。胸を締めつけられるような罪悪感を覚える。

(ごめんなさい、あなた。どうしたの、私……)

自分という女は、結局ただの欲求不満の塊だったのかと焦燥《しょうそう》した。

数日前に会ったばかりの人である。広瀬のことなどまだなにも知らない。

それなのに――。

「ひ、広瀬さん……いやだ、私……広瀬さん……」

「凜子さん、おおお……」

演技だ。百パーセント、演技のはずだ。

それなのに、どうしてこんなに幸せなのだ。しかもこの幸せは、泣きたくなるほど甘酸っぱいものを驚くほどに含んでいる。

こんなキスができるのは、夫だけだと思っていた。キスをするだけで、夫のことがわかった気がした。

それに近い感情を今、凜子はたしかに覚えている。

(広瀬さんを好きになりかけている)

そのことに、ようやく気づいた。

わかっていたのに、知らぬふりをしていたのだったか。

昨夜、自分が浴場で大胆な行為に及んだ理由もようやくわかった。

なんとはしたない女。なんと欲深な女。

心にはまだ亡き夫がいるはずなのに、いつしか自分はまだなにも知らないこの人に、強く、強く、惹かれている……。

顔が熱くなった。いたたまれない気持ちになる。

それでも凜子は広瀬との接吻に溺れた。離さないでと心から欲した。

心からのキスだった。

そしてそれは、明らかに蔦沼にも伝わった。


「あ、あり得ない……」

広瀬はハッとした。

見れば蔦沼がヨロヨロと、二人を睨みつつあとずさる。

ようやく互いに唇を離した。唇の間にねっとりと粘つく唾液が糸を引く。唾液はゆっくりとU字にたわみ、音もなくちぎれて虚空に消えた。

「あり得ない。こんな……こんな……」

蔦沼はかぶりをふって広瀬を、凜子を睨んだ。

「つ、蔦沼さん……」

凜子が蔦沼を呼ぶ。しかし、蔦沼はいっそう激しく顔をふる。

「ち、ちきしょう。ちきしょぉおおう」

どす黒い感情を爆発させた。

浴衣の裾が乱れるのもかまわずに荒々しく駆け出す。蔦沼は「うおお」と叫びながら、部屋を飛び出した。

沈黙に支配された。

残されたのは広瀬と凜子だ。

「あ……」

「うぅ……」

広瀬はとたんに恥ずかしくなる。頼まれたのをいいことに、気づけばついつい感情をこめて凜子にキスしていた。

「す、すみません。俺、つい……」

「えっ。あ……いえ、そんな」

すかさず凜子に謝罪した。しかし凜子は、どこか心ここにあらずという感じだ。どうしたのだろうと心配になった。凜子はぼうっとした顔をして、いたたまれなさそうに顔を背ける。

そのときだった。

誰かがいきなり部屋に入ってくる。蔦沼が戻ってきたのかと緊張した。

(えっ)

そちらに顔を向けた広瀬は目を見開いた。

春海だった。仲居姿の春海が、見たこともない険しい顔をしている。

「あ……」

そんな春海に凜子も気づいた。

春海は着物の裾を乱し、一気に凜子に近づいた。

――パシイィン!

「は、春海ちゃん」

広瀬は声を上ずらせて叫んだ。あろうことか、春海が凜子の頬を張った。

「わ、私の……私のたいせつな人になにをしてくれるんですか!」

「えっ……」

春海の怒声に凜子が目を剝いた。

「あ……そ、それじゃ……」

ようやく気づいたとでも言うかのようだった。凜子は驚いた顔で広瀬を、春海を、そしてもう一度、広瀬を見る。

（最悪だ）

広瀬は心で天を仰いだ。

決して春海が悪いわけではない。悪いのは俺だと思った。

「占い師は見た……って感じね。ていうか私、ずっとこんな役まわりじゃないの」

詩麻子はこそこそと、修羅場となった客室を離れる。

つい先ほど。部屋を飛び出した男は、玄関先に春海がいることに気づいた。

春海はずっと、三人の会話を盗み聞きしていた。

だが、男はもうそれどころではなかったのだろう。なおも「うおお」と叫びながら渡り廊下を駆け抜けた。

凜子の客室の前で出歯亀をしていた詩麻子は、男が飛び出してきそうだと察し、急いで建物の陰に身を潜めた。

そして、春海が部屋に入っていったことに気づき、なにをするつもりかと玄関先に飛びこめば、人が変わったようになった春海は、ついに怒気を爆発させた。

「これは、ちょっとたいへんそうね……」

詩麻子はため息をついた。

もはや占いなんかでは、どうにもならないところまできている。

こんがらがった運命の糸は、ますます複雑にからみ合った。

3

「お疲れ様でした」

「あ……ありがとう、春海ちゃん。気をつけてね」

私服に着替えた春海があいさつをしてくる。

フロントの後ろにある事務室。広瀬は自分のデスクで雑用に追われていた。

着替えのための小さな更衣室は事務室の奥にあった。そのさらに奥には、広瀬が暮らす例のプライベートな空間がある。

すでに凜子も詩麻子も宿にはいない。

凜子など、あのあとすぐに荷物をまとめて宿を飛び出してしまった。

もちろん、蔦沼は言わずもがなである。

思わぬ事件となってしまったあの日から一週間が経っていた。

珍しく海鳥亭は満室の大盛況だ。今日も一日あわただしく働いて、ようやく夜がやってきた。

あんなことがあったというのに、春海はそれまでと変わらず、天真爛漫な明るさで仕事に精を出している。

一方の広瀬はやはりちょっぴりぎくしゃくとしていたが、それでも表面上は今までと変わらず、春海と息を合わせて日々の仕事に忙殺されていた。

「……ん。どうした」

春海はいつもなら柔和な笑顔で事務室をあとにするところだが、今夜はモジモジしたように立ちつくしている。

「春海ちゃ――」

「義兄さん」

うつむいて、言いにくそうに春海は言った。

「……凜子さんのこと、忘れられないの？」

「えっ」

仕事の手を止め、春海を見た。

この一週間なにも言わずにここまできたが、春海もまた、その一事を胸に秘め、ずっと働いてきたらしい。

「春海ちゃん……」

「あんなふうにして……私のこと、がっかりした？」

「そんな」

広瀬はかぶりをふる。春海の気持ちは痛いほどわかった。

幼なじみの求婚まで退けて、広瀬への想いを貫こうとしてくれたのだ。そんな春海が凜子のことを快く思うはずがない。

だが、だからといって凜子が悪いわけではない。

もちろん、春海にも罪などない。

悪いのは広瀬ただ一人だ。自分がしっかりしていないから、こんなことになってしまったのだと思っている。

「好きなこと……していいよ、義兄さん」

見れば春海はほんのりと、キュートな美貌を紅潮させていた。恥ずかしそうにうなだれつつも、意を決したように言う。

「い、いや……」

「いいの。好きなことしてほしいの」

春海はそう言うと、なにかをふりきったような表情になった。

「えっ……お、おい、春海ちゃん」

春海はいきなり着ているものを、ひとつずつ堂々と脱ぎはじめる。驚いた広瀬は慌てて止めようとした。しかし、春海は怯《ひる》まない。

いや、本当は臆しているのかもしれない。だが、そんな自分を叱咤するように次々と服を脱ぎ捨て、ブラジャーとパンティだけの姿になる。

今日の春海は鮮烈なピンクの下着の上下だった。

「ちょっと、は、春海ちゃん、あああ……」

夜の事務室に、二十八歳の眩《まぶ》しい半裸が露になった。

白いＬＥＤライトに浮かびあがる身体は、透き通るように白い美肌と、ため息が出るほどのスタイルのよさに恵まれている。

手も脚もすらりと長く、美しかった。しかも出るところは出て、引っこむべきところはキュッとセクシーに引っこんでいる。

「み、見たくないかな、私の裸なんか」

下着姿になった春海の美貌は、先ほどまでよりさらに艶めかしく火照っていた。

やはり、恥ずかしいのだ。恥ずかしくて恥ずかしくてたまらないのだ。

それでも春海は行為を続ける。言うに言えないせつない想いを、行為を通じて広瀬に訴える。

両手を自分の背中にまわした。ブラジャーのホックがはずれる小さな音がする。

そのとたん、ブルンッとブラカップがはじき飛ばされた。勢いよく飛び出したのは、息を呑まずにはいられないたわわな双子の乳果実だ。

「うおお。は、春海ちゃん、やめてくれ……」

椅子に座ったまま、広瀬は春海に気圧された。

魅力溢れる美貌の義妹が、とうとうおっぱいまで彼の視線にさらしている。

鎖骨の下から盛りあがる大きな乳房は、伏せたお椀《わん》を見ているようなまるい形と、たっぷりの量感をアピールしていた。

そんな美巨乳がフルフルと、皿に盛ったばかりのゼリーさながらに、エロチックに震えている。

白い乳房の先端には、淡い鳶色をした乳輪があった。

乳輪は大きくもなく小さすぎもせず、ほどよい大きさの円を描いて乳首を彩っている。

乳首はすでにくっきりとまんまるにふくらんでいた。ガチンガチンに勃起した鳶色の乳芽に、広瀬はいやでも情欲を炙《あぶ》られる。

「義兄さん、興奮しないかな。私、けっこうこれでも、いろんな男の人に、それなりにモテて。私とエッチしたいって人だって、この歳になるまでには、いっぱい……いっぱい……」

「あっ……」

春海は独楽《こま》のように半裸の肢体を回転させた。目の前の壁に両手をつき、ググッと背後にヒップを突き出す。

今日もまた、セクシーな立ちバックの格好になった。

白い背筋が、白い照明を浴びて淫靡に艶光りする。滋味に富んだ光沢を浮かべる細い背筋が、しなやかにたわんでいた。

こうして見ると、腰のくびれかたは男泣かせのえぐれ具合だ。

絞られるように締まった腰から一転し、白桃さながらのヒップがダイナミックに盛りあがっている。

そうしたヒップにギチギチと、ピンクのパンティが吸いつくような密着ぶりで張りついていた。

尻のまるみはむろんのこと、谷間を覆うピンクの下着がエロチックに窪むさまにまで劣情を煽られる。

長くて締まった脚の先には、出勤用の黒いヒールを履いていた。半裸にヒールというセクシーな姿は、男を苦もなく狂わせる蠱惑《こわく》的な毒に満ちている。

「ううっ、春海ちゃん……」

いかん、いかんと思っても、こんなかわいい娘にこのようなまねをされてはひとたまりもなかった。

どんなに我慢をしようしても、股間のペニスがムクムクといけない力をみなぎらせ、天に向かって反り返る。

「義兄さん、パンツ、脱がして……ねえ、私、魅力ないかな。こんなエッチなことまでしてるのに……義兄さん、ちっとも興奮しないの、寂しいよう……」

「おおお……」

今にも泣きそうな声で訴え、春海はプリプリとヒップをふった。

しかもただ左右にふるだけではなく、誘うように、挑発するように、８の字を描く大胆な動きでいやらしくくねらせる。

「うお……うおおお……」

一気に身体の中いっぱいに不穏な激情がみなぎり出した。

広瀬は気づく。充満しはじめた卑猥な痴情は、いつになくサディスティックな棘《とげ》を持っていた。

悪いのはすべて自分だ。そんなことはわかっている。

だが、そんなふうに思っていたはずの心の底では、春海に対する複雑な感情がブスブスと黒い煙をあげていぶっていたようだ。

「は、春海ちゃん……」

「お願い、恥をかかせないで……けっこう恥ずかしいよう。さ、させてあげる……姉さんにもできなかったこと……凛子さんじゃもっとできないこと」

「くうぅ……」

「させてあげる。ねえ、だめかな。それでも私じゃ、凛子さんのかわり――」

「ああ、春海ちゃん……」

ガタンと音を立て、椅子から飛び出した。こちらに向かってくねるヒップに息苦しさを覚えつつ駆けよっていく。

「あああ」

膝立ちになり、わっしと両手でヒップをつかんだ。もにゅもにゅと、乳でもまさぐるような指遣いで、ゴムボールさながらのみずみずしい臀丘を少し乱暴に揉みしだく。

「はあぁン、義兄さん、ンハアァ……」

そうした広瀬の揉みこみのせいで、小さなパンティがカサカサとよじれた。ピンクの布地に皺《しわ》がより、生地がずれあがってTバックのようになる。

「あっあっ、あぁん、義兄さん……」

「はぁはぁ。もう、だめだ。こんなことされたら、お、俺」

春海へのせつない想いが不穏な興奮へと変質した。

義理の妹に、それまでとは明らかに異なる獰猛でドSな欲望を覚えてしまう。

「い、いいよ。して。好きなこと、させてあげる。ほかの人ならいやがるようなことだって。義兄さんが遠慮して、ほんとなら絶対できないようなことだって」

「ああ、春海ちゃん……」

「はあぁぁん」

ズルッと一気にヒップからピンクのパンティをむしりとった。モデルのように形のいい美脚を、スルスルとパンティがまるまって下降する。片脚だけからそれを脱がせ、もう一方の太腿に残した。クチャクチャに縮まった桃色の下着は、健康的な太腿にまつわりついたままになる。

「くうぅ、たまらない」

広瀬は声を上ずらせ、口から舌を飛び出させた。ヒップをつかんで左右に開く。蟻《あり》の門渡《とわた》りのその向こうに、初々しい肉の亀裂が露になった。

いやらしい牝裂からは、甘酸っぱい発情臭が濃厚に香り立つ。

「あはああ。はぁぁん、義兄さん」

とがらせた舌を一気呵成《いっきかせい》に、ワレメの狭間に突き立てた。それだけで春海の秘割れは苦もなくほぐれ、左右にひろがって広瀬の舌を受け入れる。

究極の粘膜湿地は、早くも卑猥にとろけはじめていた。広瀬の舌はねっとりとした欲情のシロップも豊潤に感じる。

「うう……おかしくなりそうだ……」

……ピチャピチャ。ねろん、ねろん。

「はあぁぁん。ああ、義兄さん……あっあっあっ……あっあっあっあっ……」

品のない汁音を聞かせながら、広瀬はれろれろと舌をくねらせ、誘惑の肉門のあわいをこじった。

最初から、不埒な蜜をそれなりに分泌させていた春海の牝アワビは、広瀬が舐めれば舐めるほど、ほじればほじるほど、さらに肉穴をヒクヒクとさせ、煮こんだシロップを白濁させながら溢れさせる。

「はうう、義兄さん……おかしくなって。いっぱい感じて。義兄さんの望む女になるから。ねえ、どんなことがしたいの」

「うう、春海ちゃん……」

広瀬の責めに歓喜して、春海の肉ビラは蝶《ちょう》の羽さながらに開閉した。そのたび膣穴も激しく収縮し、胎肉の奥から新たな蜜をニジュッと音を立てて搾り出す。

ワレメから溢れた白濁蜜が、粘つく跡をつけながら白い内腿を滴った。春海の女陰は随喜の涙と、広瀬の唾液でネチョネチョとじつに浅ましい眺めになる。

「は、春海ちゃん……」

「きゃっ。えっ、義兄さん……」

広瀬は立ちあがると、細い春海の手首を握った。そしてそのままズンズンと、事務室からフロントに出ようとする。

「えっ……えっえっ。ちょ、義兄さん、あああ……」

驚いたのは春海である。

好きにしてもいいとはたしかに言った。だが、よもや広瀬がこのような行動に打って出るとは想像もしていない。

「ひうう……」

いやがって脚を止め、逆らうように彼を引っぱった。

しかし、広瀬は動じない。興奮のせいで理性が麻痺し、抑えつづけた不穏なマグマが暴発寸前になっていた。

（い、いいのか。ほんとにこんなことをしても。おい……）

たしかに頭の片隅では、そう叫ぶ広瀬もいた。

だが、もう時すでに遅しである。自分でも、どうなってしまったのかと思うほどの激烈さで、手首をつかんだこの娘を辱めてやりたい気持ちが異常に強まる。

「に、義兄さん、いや。いやあ……」

フロントに出ると、春海の声はさらに引きつり、悲愴さを増した。

本館の明かりはすでほとんど落としてある。だが、温泉は掃除の時間を除くほぼ二十四時間、出入り可能な状態だった。

もちろん、今も営業中だ。

浴場入口の照明は、今も廊下の奥に煌々《こうこう》と点《とも》っている。

いつ客が渡り廊下から本館に現れてもおかしくはない。風呂から出てきた彼ら彼女らがこちらに向かって歩いてきても、一向におかしくはないスリリングな状況だ。

4

「あぁぁ、ちょっと……義兄さん」

フロントのカウンターに両手をつかせた。

廊下を隔てた斜め前には、自動販売機の明かりが二台並んで点っている。

闇の中でも煌々と光る自販機は、一台がビールや日本酒などのアルコール専用機。もう一台がコーラや水、お茶などのラインナップだ。

「はぁぁアン……」

とまどう春海に有無を言わせず、くびれた細腰をつかんだ。横暴な力でこちらに向かってググッとヒップを突き出させる。

モデルのように均整のとれた伸びやかな裸身に、黒いヒールを履いたエロチックな姿だった。

片脚の太腿には、まるまったピンクのパンティをまつわりつかせている。

そんな義妹に脚を開かせ、背後で広瀬は準備をした。制服の白ズボンをボクサーショーツごと完全に脱ぎ捨て、下半身をまる出しにする。

今夜もまた、ペニスは天を向いて隆々と反り返っていた。

どす黒い幹の部分に血管を盛りあがらせ、赤銅色の亀頭から涎のようなカウパーを滲ませている。

広瀬は肉棒を手にとり、角度を変えた。亀頭でビラビラをかきわけると、膣穴のとば口に鈴口の先を押しつける。

「あァア……」

過敏な牝穴は、それだけでヒクヒクといやらしく収縮した。すぼまる開口部に亀頭を締めつけられ、甘酸っぱい痺れが下腹部にひろがる。

「くうぅ、春海ちゃん」

義妹の細い腰をガッシとつかんだ。腰を落とし、両脚を踏んばって力を入れると、広瀬は一気に腰を突き出し、ぬめる牝割れへとペニスを突き立てる。

――ヌプッ。ヌプヌプヌプッ。

「あっはあぁぁ。むぶぅン」

「うお、おおお……」

発情淫肉を猛る肉傘でガリガリとかきむしった。

春海はたまらず艶めかしい声を跳ねあげ、慌てて片手で口を押さえて、それ以上の淫声を抑えようとする。

しかしそうした動きのせいで、牝壺の蠢《うごめ》き具合はいちだんといやらしさと激しさを増した。

声を堪えようとするそのぶんだけ、かわりに膣が喘いでいるかのようだ。飛びこんできた極太を、緩急をつけて締めつけては解放する動きをくり返す。

（うわあ）

広瀬は天を仰ぎ、奥歯を嚙みしめた。ヌメヌメして温かな春海の蜜肉は、空恐ろしいほどの狭隘さと凹凸感に富んでいる。

肉路の収縮で牡《おす》棹を締めつけられ、我慢汁が飛び散った。

膣ヒダに粘りついた穢らわしい汁を亀頭がヌラヌラとえぐり、さらに広い面積に薄く卑猥に引き延ばしていく。

「うう、春海ちゃん、入った……」

とうとう疼く怒張を奥までズッポリと埋めこんだ。

やわらかに弾む子宮の餅に、粘つきながら行く手を通せんぼされる。膣全体が何度も深呼吸をくり返しているかのようだ。波打つ動きで蠕動しては、痩《や》せ我慢をする極太をムギュリ、ムギュリと締めつける。

「はうう、義兄さん、は、恥ずかしい。こんなところで。あああ……」

カウンターに両手をついた体勢で、全裸の義妹は色っぽい喘ぎ声をこぼした。その目はさかんにキョロキョロとあちらへこちらへと向けられる。

フロントの左手には玄関ホールがある。

このような時間に誰かが現れる可能性はないに等しいが、それでも玄関の格子戸に鍵がかかっているわけではない。

そしてフロントの右手には各客室へと枝分かれしていく渡り廊下の出入口があり、こちらはそれこそいつなんどき誰が姿を現してもおかしくはなかった。

こんなスリリングなシチュエーションで裸に剝かれ、男の怒張をバックからズブリと女陰に突き刺されている春海はいったいどんな心境であろう。

ひと目誰かに見られたら一発アウトという羞恥と恐怖に満ちた状況。

春海は何度もカウンターの板をつかみ直して「あうう、あうう」と声にならない声をあげてあたりを気にする。

「ああ、春海ちゃん……」

広瀬は燃えた。この異常なシチュエーションにも、うろたえる春海の姿にも倒錯的な欲望を煽られる。

改めて細腰をつかんだ。ふたたび両脚を踏んばり直し、下から上へと突きあげるような抽送で、美しい義妹の腹の底を肉スリコギでかきまわす。

……ぐちょ。ぬぢゅる。

「はあぁん。あっあっ。あはぁ、に、義兄さん、いやだ、私ったら、こ、こんな声……あはあアァ。むぶぅン。ンムぶぅ」

「はぁはぁはぁ……おお、春海ちゃん」

ガツガツとバックから春海の膣ヒダに亀頭を擦りつけ、子宮口まで突き刺した。

春海は緊迫感溢れる状況に困惑しつつも、同時に淫らな昂揚感も覚えるのか。

猛る男根に牝粘膜を蹂躙《じゅうりん》され、たまらず艶めかしいよがり声を跳ねあげた。

そしてふたたび、慌てた様子で片手を口に当てる。

それ以上の喘ぎ声が闇の底にひろがっていかないよう、必死にグイグイと手のひらで唇を押さえ、漏れ出しそうな声を押しとどめようとする。

（おお、このセクシーな脚……）

ハレンチな声を我慢しようとする義妹に、衝きあげられるような劣情を覚えた。広瀬の突きを受け止めて踏んばる、エロチックな美脚にも情欲を炙られる。

色白の長い脚がくの字に曲がり、コンパスのようにひろげられていた。

バツン、バツンと広瀬が股間をたたきつけるたび、たわわなヒップの肉がさざ波を立てて震え、むちむちした白い腿もあだっぽく震える。

脹脛の筋肉がキュッと締まって盛りあがっていた。足首の腱《けん》がえぐれるように窪み、脚の先は黒いヒールに吸いこまれている。

艶光りをする黒ヒールを履いたままバックから犯される春海は、惚れぼれするほど官能的だった。

突きあげるたびにヒールごと踵《かかと》が浮き、その反動でカツン、カツンとヒールの先が床を打つ。

「あああ、ああああああ」

サディスティックに膣ヒダをかきむしられ、子宮口をえぐられるたび、堪えの利かない快美の火花が散るらしい。

春海はもう一度生々しいよがり声をあげ、カウンターに両手をつく。そんな自分に動転したように髪を乱してかぶりをふり、肩のあたりで毛先を乱れさせた。

カウンターをつかんでいたはずの指が爪を立て、ガリガリ、ガリガリと、耳障りなノイズを間断なく響かせる。

白い美肌が闇の中でもほんのりと薄桃色に火照ってきたのがわかる。

(すごく濡れてきた)

広瀬はうっとりと、亀頭と棹をもてなす膣肉の具合に歓喜した。

最初からたっぷりとぬかるんでいた牝肉だったが、ペニスの狼藉に喜悦してさらにグッショリと豊潤な粘り蜜を分泌している。

そのため最初のころよりも、膣ヒダの感触はずいぶん曖昧さを増していた。かわりに蜜のねっとりとした味わいがヌルヌルと亀頭を持てなし、あられもない汁音で征服本能を満足させる。

……グチョグチョ。ヌチョヌチョ、グチュ。

「はあぁぁん」

「か、感じてるんだね。聞こえるかい、このスケベなマン汁の音」

「いや。いやいやいやあ。ああ、恥ずかしい。義兄さん、困る。やっぱりこんなところで、私――」

「あははは。そうなのよねー」

（えっ）

「ひいい」

二人はギョッとして動きを止めた。

「でしょでしょ。男ってそういうところ、すぐ勘違いするんだよね。んなわけないでしょってこっちは思ってるのに」

「あはは。わかるー」

女性の二人連れが本館の廊下奥、共同浴場のほうから近づいてきた。この声は今日から二泊の予定でさつきの間に宿泊中の客たちだとすぐにわかった。ちょうど春海と同世代ぐらいの女性たちだ。

「に、義兄さん……」

春海はもうパニックだ。引きつった表情で広瀬をふり返る。

明かりは落としているため、気づかれない可能性はあった。だが少なくとも渡り廊下に出るためには、フロントの見える場所にまでどうしたってやってくる。

「くうぅ……」

広瀬は慌てて腰を引いた。ぢゅるるという粘りに満ちた汁音が響き、蜜まみれのペニスが淫壺から抜けた。

反り返るペニスから糸を引き、粘つくシロップが周囲に飛散する。

「あはあぁ……」

硬直する春海の手をとり、フロントの床に仰臥《ぎようが》した。仰向けになった自分の身体の上に、四つん這いの格好でまたがらせる。

春海は緊張のあまり、生きた心地もしないようだ。ぎくしゃくと、すべての動きがぎこちない。それでもなんとか広瀬に煽られ、彼の身体に覆いかぶさる。

春海の身体は生温《なまぬる》い汗の甘露をじっとりと吹き出していた。

体熱がかなりあがっている。

両手をまわしてかき抱けば、生々しい熱とむわんとした湿り、フニフニとしたおっぱいの弾力や、ひときわ熱い乳首の硬さが思いがけない鮮烈さで広瀬の身体に伝染する。

「ねえ、なにか買ってく？」

「喉、渇いたもんね。ビールとか、もう少し飲んじゃう？」

「いいわね、いいわね。飲んじゃおっか。今夜はダイエットはお休みっと！」

「ははは。私も私もー」

二十代後半の女性客たちはにぎやかに笑いながら、渡り廊下へと続く出入口を越えて、フロントの近くにまでやってきた。

自販機のあたりでかしましく騒ぐ。財布を取り出しジャラジャラと小銭の音を立てた。

「でもさ、これからどうするの」

「え、カレシ？　んー、ちょっと悩みどころだよね。こっちは人生がかかってるしさあ」

「これ以上つきあうと、結婚までまっしぐら」

「それでいいのか冗談じゃないのか。ちょっと人生の分かれ道って感じ」

まさか近くの闇の底に、半裸の男女が横たわっているなどとは夢にも思っていないだろう。女性客たちはプライベート感溢れる話題に嬉々として興じながら、自販機に金を入れ、目当ての飲み物を買う。

（よぉし）

広瀬はそんな騒音を味方につけた。

愛液にまみれた股間の肉棒を手にとると、冗談でしょと目を剝く義妹の膣穴にふたたびググッと亀頭を押しつける。

――ヌプッ。ヌプヌプヌプヌプッ！

5

「――っ！」

春海は背筋を思いきりたわめ、天に向かって細いあごを突きあげた。

白い指が間一髪のところで口を塞ぐ。

そうでもしなければ、取り乱した艶めかしい声が間違いなくはじけていただろう。そうなれば若い女性客たちがびっくりし、悲鳴をあげていたかもしれない。

（おお、春海ちゃん、オマ×コ、さっきまでよりさらにヌルヌルして……）

自分で犯しておきながら、想像の上を行く女苑の感触に恍惚とした。春海のヒダ肉は先刻までより一段と大量の蜜を分泌させている。

ヌルヌル感も灼熱感も、ひときわいやらしさを増していた。

そのうえ吸いつく激しさで、ペニスに根元から亀頭まで満遍なく密着してはウネウネ、ウネウネと蠢動する。

「おおお……」

「ぅぅ……ぅぅぅぅ……」

春海は今にも泣きそうな表情でかぶりをふった。

片手で口を抑えつつ「動かないで。絶対に動いちゃだめ」と訴えるかのように悲愴な目つきで広瀬を見る。

(興奮する)

だが、そんなふうに哀願されてはかえって逆効果なのである。

こんなスリリングな状況に燃えあがらないような男なら、最初からこのような場所に春海を引きずり出しはしない。

(春海ちゃん)

動くからねという意志をアイコンタクトで義妹に伝えた。春海は驚愕の顔つきで両目を剝き、広瀬の首筋に慌てて美しい小顔を埋める。

……ぐぢゅる。ぬぢゅる。

「ぅぅ……ぅぅぅぅ……」

「ああ、春海ちゃん……たまらない……たまらない……」

「ぅぅぅぅ……ぅぅぅぅぅ……」

女性客たちがキャッキャとはしゃいでいるのをいいことに、春海の耳もとにささやいた。春海はいやいやと顔をふり、さらに強くグイグイと広瀬の身体にしがみついてくる。

（ああ、気持ちいい）

そんな義妹の汗ばむ裸身を抱き返しながら、広瀬はカクカクと腰をしゃくった。雄々しく屹立した牡根が、焼けるように熱くなった汁まみれの性愛器官を我が物顔でほじくり返す。

グチョッ、ヌチョッという粘りに満ちた汁音が秘めやかに響いた。

客たちの笑い声にかき消されてはいたが、たしかに音は艶めかしく続き、しかも次第にボリュームさえあげている。

「ぅあぁあ……あぁぁぁ……」

「はぁはぁはぁ……春海ちゃん……ゾクゾクする……春海ちゃん」

「あぁぁ……義兄さん……義兄さん……ぁぁぁぁぁぁ……」

熱烈な広瀬のささやきに呼応するかのように、春海も色っぽいささやき声で自分の官能を義兄に伝える。

彼女が今、茹だるような肉悦の中でのたうちまわっているのは火を見るよりも明らかだ。

それを証拠にペニスを食いしめた裂け肉は、ヌチョチョ、グチュルと聞くに耐えない汁音をそれまで以上に響かせた。「いいの。いいの。義兄さん、いいの」と訴えてでもいるかのように絶え間なく蠕動しては広瀬の怒張を絞りこみ、せつない思いを訴えようとする。

「あはは……きゃー。外、寒そうー」

「温泉のせいかな。ぜんぜん、湯冷めしない」

ビールらしき飲み物を買った女性客たちは本館から渡り廊下へと移動した。にぎやかな話し声が少しずつ彼方《かなた》に遠ざかっていく。

「うあ……うあああ、義兄さん……義兄さん」

「はぁはぁはぁ……春海ちゃん」

広瀬が覚えていた昂揚感を、春海も同じように感じていたらしい。

ふたたび二人きりになれたとわかるや、義妹は恥も外聞もなくカクカクと卑猥に腰をふり、いっそう強烈な快感を得ようとする。

「うおお……春海ちゃん、き、気持ちいい。春海ちゃんのオマ×コが、メチャメチャち×ぽを締めつけて……」

「はあぁん、義兄さん……結婚してくれるかなあ。私をお嫁さんにしてくれるかなあ」

「えっ。うう、春海ちゃん……」

唐突に、春海は聞いた。

さりげない問いかたではあったものの、彼女のせつない心情がダイレクトに生々しく広瀬に届く。

しかし、広瀬は即答できない。これほどまでに春海との熱烈な行為にのめりこんでいるというのに、すぐには「うん」と言えなかった。

もう「うん」と言う以外、ほかにないはずだった。それなのに、まだなお言葉が出てこないことに、広瀬は自分でも愕然とする。

いや、それどころか……。

——それでいいのか冗談じゃないのか。ちょっと人生の分かれ道って感じ。

ついさっき耳にした女性客の戯言《ざれごと》が思わぬ強さで脳裏に蘇る。

「あっはあぁ、義兄さん……義兄さん、ああああぁ」

「おおお、春海ちゃん……」

春海はもう同じことを聞かなかった。

上体を起こし、まんまるに盛りあがるたわわな巨乳を見せつけて、しゃくる動きで腰をふり、ヌメヌメしたヒダ肉を亀頭に擦りつけてくる。

「あっあっあっ、か、感じちゃう。こんなところで……こんなエッチで……はぁぁん、私、やっぱり義兄さんに感じちゃう」

「はぁはぁ……春海ちゃん、ああ、だめだ。も、もう……イクッ」

「はあああぁ、はああああぁ」

とうとう春海は一本ずつ脚の向きを変え、和式便器にでもかがみこむような煽《せん》情《じょう》的な姿になった。あだっぽい前かがみの格好で上へ下へと尻をふり、アクメ寸前の性器と性器を狂ったように擦り合わせる。

……グチョッグチョッグチョッ！　ヌチョッヌチョッヌチョッ！

「おお、春海ちゃん、いやらしい……おっぱいがこんなにブルンブルン震えて」

「あっはあぁ」

たっぷたっぷと跳ね躍るおっぱいを、両手で乱暴につかんだ。

二十八歳の半熟乳房は、とろけるような柔和さとみずみずしいこわばりが同居した得も言われぬ手触りだ。

広瀬は鼻息を荒くしながら、せりあげる動きで乳を揉んだ。勃起乳首をビンビンとはじき、春海に合わせてペニスで突きあげる。

「あああ。義兄さん、いやン、気持ちいい。義兄さんのち×ちんで今夜も私……イッちゃう。イッちゃうよおおう」

「ああ、春海ちゃん、俺もイク……もう、だめだ！」

二人は狂ったように、おのが股間をただただしゃくった。怒張と肉壺がグヂュグヂュと粘つく汁音を響かせて闇の中で戯れ合う。

へっぴり腰の春海は濡れた瞳で広瀬を見た。いやらしく腰をふっている。広瀬はそんな義妹の乳房をグニグニとまさぐりながら、動きを合わせてさらに激しく膣奥深くまで亀頭をたたきこむ。

（ああ、イクッ）

「はあぁアン。あっはあぁ。義兄さん、イク。イクイクイク。あああああぁ」

「で、出る……」

「あっあああぁ、あああああぁ！」

——どぴゅどぴゅ、どぴゅぴゅ！

恍惚の稲妻に、脳天からたたき割られた。

意識が完全に白く濁る。腰にブルッと震えが起き、背中から首筋にまで一気に駆けあがったかと思うと、全身に大粒の鳥肌が立った。

ドクン、ドクンと陰茎が今夜も雄々しく拍動する。

さも当然の権利だとでも言わんばかりのずうずうしさで、今日もまた義妹の膣をザーメンでドロドロに穢して憚らない。

「は、はう、はうう……」

「春海ちゃん……」

どうやら春海も一緒に達したようである。

ゾクゾクと不随意に裸身を痙攣させた。もうM字開脚姿でなど踏んばっていられず、くずおれるように広瀬に抱きつく。

精根つきはてた様子でぐったりとした。汗を噴き出させた裸身が、またしても密着する。左の胸奥では早鐘さながらに春海の心臓が脈打っている。

（おおお……）

男根を締めつける狭隘な膣路が「もっとよ。ねえ、もっと」と精子をねだるかのように、さらに強く広瀬の陰茎を絞りこんだ。広瀬はさらに鳥肌を立て、ペニスを激しく痙攣させて精液の残滓《ざんし》を勢いよく放った。

「はぁはぁ……」

乱れた二人の熱い吐息が、深夜のフロントに響いた。

荒れ狂う性欲の嵐が去るとともに、今夜はまたいったいなんてことをしてしまったのかと広瀬は暗澹《あんたん》たる思いになった。

するとーー。

「ううう……」

「えっ。は、春海ちゃん…」

広瀬にしがみついたまま、春海が裸身を震わせた。広瀬の首筋を彼女の生暖かな吐息が撫であげる。

「やっぱり……私じゃ、だめなんだよね」

春海が嗚咽しながら聞いた。

広瀬の首筋から顔をあげる。唇を嚙みしめ、嗚咽を堪えようとしている。可憐な美貌は涙に濡れ、肉厚の朱唇がわなわなと震えていた。

「春海ちゃん……」

「だめなんだ、私じゃ。義兄さん、私のことなんてちっとも見てくれない」

「い、いや――」

「見てないじゃない。私に求めているのはいっときの刺激だけ。今も心の中には凜子さんのことしか……」

なじるような声だった。そこまで言うと、もうあとは言葉にならない。透明な雫にまみれた瞳から、さらに涙が溢れ出した。

広瀬には返す言葉がない。こみあげてくるのは自己嫌悪の感情ばかりだ。

「ごめん……春海ちゃん、ほんとにごめん」

「うー」

泣きじゃくる義妹に胸を締めつけられた。

彼女のとろけ肉になおも包まれたまま、いつしかペニスがしおしおと力なくしおれて小さくなった。

第五章　最愛の女性

1

満開の桜がはかなげな色をした花弁を揺らし、春の風に吹かれていた。

制服姿の女子高生たちが黄色い声をあげながらスマートフォンで写真を撮っている。

広瀬が降り立ったのは、ローカル線の小さな駅だった。

平成どころか昭和の名残を色濃くとどめた、古きよき時代の木造駅舎。変色してまっ黒になった駅舎の前に、見事な桜が旬の色艶を見せつけていた。

駅前から伸びるまっすぐな通りの左右に、そば屋だの定食屋だのといった昔ながらの食堂が数軒並んでいる。

乗降客もまばらなら、駅前も閑散としていた。広瀬はデイパックを背負い直し、夕暮間近の大通りを歩きはじめる。

チノパンツのポケットからクシャクシャになった紙をとり出した。ＰＣを使ってプリントアウトした、この界隈《かいわい》の地図を印刷したものだ。

もう一度、目的の場所をたしかめた。紙をたたんでポケットにしまい、ひとつ深呼吸をして通りを進んでいく。

――もう少しで凜子に会える。

そう思うと、緊張感はありながらも心が華やいだ。歓迎してはもらえないかもしれないが、そのときはそのときである。

「もう、一年か……」

広瀬はボソリとつぶやき、時の流れの速さを思った。

無駄に一年分、歳をとってしまった気もしたし、費やした年月は決して無駄ではなく、ふたたび凜子と会うための長い助走期間だったという気もする。

いずれにしても、はっきりしていることがひとつあった。結局広瀬はこの一年、ずっと凜子を追いかけてきた。

一年前。夜更けのフロントで爛《ただ》れた性行為に耽《ふけ》ってからほどなく、義妹の春海は広瀬のもとを去った。

そしてそれから半年後、ついに幼なじみである恋人のもとに嫁いでいった。

春海にしてみれば、当然の選択だった。どんなに義兄につくそうと、彼との距離は埋まらないと絶望を覚えたすえにとった行動だ。

非はすべて自分にあった。春海とふたたび以前のような仲に戻れるかはわからないが、一生謝りつづける覚悟はできている。

広瀬は臨時の仲居を雇い、懸命に宿を存続させようとした。なにも考えるな。とにかくなにも——自分にそう言い聞かせ、嵐が去るのを待とうとした。

仕事と料理に没入することで、苦しい思いをまぎらわせようとした。しかし、結局は無駄骨だった。

いつまで経っても凜子のことが忘れられないのだ。

——男だったら地の果てまでも探しなさいよ。ばかね。

そんな広瀬を焚《た》きつけたのは、ふたたび宿を訪れて長逗留《ながとうりゅう》してくれた詩麻子であった。

——あんたと凜子さんの誕生日を見たら、間違いなく前世からの因縁の仲よ。私とは、ほんとはムニャムニャだけど……。

詩麻子は茶目っけたっぷりに舌を出して言い、とまどう広瀬にウインクまでしてみせた。

こうして広瀬は本格的に動きはじめた。

凜子から聞いていた情報を頼りに、彼女が営んでいた小料理屋を探し当てた。

だが、彼がそこにたどり着いたときには、すでに店はたたまれたあとだった。

広瀬は凜子の自宅も訪ねた。しかしそこも同じようにきれいに引き払われ、彼のいとしのマドンナはどこへともなく消えていた。

近隣の誰に聞いても、どこに引っ越したのかわからなかった。

ちなみに詩麻子が熱心なリピーターである客から聞いた話によれば、例の蔦沼も自暴自棄になり、ほかの街に越してしまったという話だ。

まさか凜子のあとを追っていったのではあるまいなと案じたが、どうもそうではないらしいと詩麻子は言う。

しかし、自分のこの目でたしかめるまでは安心できない。

なんとしてでも凜子を探し当てなくてはと気持ちを新たにして、なけなしの金で探偵を雇った。

すると、やはり餅は餅屋だ。探偵はついに凜子を見つけ出した。

そして広瀬は強引に宿を休みにし、遠路はるばるこうやって、いとしい未亡人を訪ねてきたというわけである。

海鳥亭のある街から電車で二時間ほど離れた北国の集落だった。日本海の大海原が望める、海沿いの小さな町だ。

凜子はこの街に移住し、雇われ女将としてささやかな小料理屋を開いていた。

凜子が営むその店は駅前通りを十分ほど歩き、小路を左折して住宅街の中に入った路地の奥にあった。

（ここに、凜子さんが……）

広瀬はしみじみと、小料理屋の前で立ちつくした。

周囲には昔ながらの古い家々が立ち並ぶ、ひっそりとした住宅街の中。小料理屋の名前は「凜」というらしい。玄関の格子戸の脇に看板がかかっていた。

暖簾《のれん》はまだ出ていない。時刻は四時をまわったばかりだ。開店までには、もうしばらくかかるだろう。

だが、店内にはすでに暖かそうな明かりが点っていた。

料理人の広瀬にはわかる。開店前のあわただしいひととき。女将の凜子は時間に追われながら、料理のしこみをしているはずだ。

とくとくと心臓が激しく打ち鳴った。緊張感が増すものの、ここまできてまわれ右をして帰る選択肢はない。

「ふう……」

大きく深呼吸をし、格子戸に近づいた。

指を伸ばし、取っ手にかける。拍動する心臓の響きが耳まで疼かせた。広瀬は口の中が渇くのを感じながら、引き戸を横にすべらせた。

「すみません。お店、五時から――」

カウンターの奥から、申し訳なさそうな声がした。

耳に覚えのある声だ。凜として、鈴を転がすような音色でもあって、耳にするだけでうっとりと酔いしれそうになる。

「えっ……」

たおやかな笑顔を作っていたその人は、カウンターの向こうで動きを止めた。信じられないものでも見るような顔つきになり、両目を見開いて肉厚の朱唇を半開きにする。

広瀬はそんな彼女を万感の思いで見つめ返した。甘酸っぱい歓喜が胸いっぱいにひろがり、気を抜けば鼻の奥がつんとしそうになる。

「ど、どうして……」

凜子は息を呑んだまま広瀬を見た。

品のいい芥子《からし》色の着物に、清潔感溢れる白い割烹着《かっぽうぎ》を合わせている。細く白い指には菜箸を握っていた。薄桃色の爪は短く丁寧にととのえられている。

食欲をそそる、醤油とみりんの混ざった匂いが店いっぱいに立ちこめていた。世辞ではなく、とてもいい香りだ。なにを作っているのかすぐにわかった。

「筑前煮《ちくぜんに》ですね」

硬い笑顔とともに広瀬は聞いた。

「えっ」

「いい匂いだ。いい料理は匂いもいい。食材にもこだわってるみたいですね」

緊張と照れくささから、つい料理の話になった。

広瀬の突然の登場に虚をつかれていた凜子も「え、ええ」と彼に答える。

「お客さんからお土産にって、冬茹《どんこ》をいただいたんです。いつもは香信を使っているのですけど、せっかくだから今日は冬茹で筑前煮をって……」

冬茹だ香信だというのは、乾《ほし》しいたけの話である。

香信に比べると、冬茹はこんもりとまるく肉厚で、煮ても炒《いた》めてもおいしく食べられる乾しいたけ高級品だ。

「ほう、冬茹を」

「しかも、天白冬菇《てんぱく》です」

「そりゃまたすごい」

天白冬菇は、冬菇の中でも最高級と賞賛される希少価値の高い逸品だ。そもそも貴重な冬菇の中でも、一パーセントしか採れないと言われている。

広瀬は興味津々でカウンターに近づいた。

凜子は満面の笑みとともに、しまっていたらしき天白冬菇をとり出して広瀬に示す。

広瀬はカウンターに置かれた肉厚の乾しいたけをしげしげと見た。

「こいつはいい冬菇だ。キュッと身が締まっていて肉も厚い。しかもこれ……」

「そうです。機械乾燥ではなくて、天日干しされたものです」

「ですよね。料理人なら、こいつはいやでも気合いが入る。どうりでいい匂いがしているわけだ」

カウンター裏の調理台に置かれた鍋からは、おいしそうな香りとともに白い湯気があがっていた。

凜子は、はにかんだような笑顔のまま筑前煮の煮こみを続ける。

「…………」

「…………」

店内に沈黙が訪れた。

広瀬は落ちつけ、落ちつけと自分に言い聞かせながら店の中を見まわす。

十人座れるか座れないかといったサイズのカウンターがあるだけの、小さな店だった。建物と同様、店の中にも老朽感があったが、それでも意外に店内は手入れの行き届いた清潔感と、なんとも言えない温もりに満ちている。

なにより印象的だったのは、白木のカウンターの磨き抜かれた美しさだった。

チラッとたしかめたカウンター裏の調理スペースにも、妥協を許さない清潔さが横溢《おういつ》している。

おそらく居抜きの物件のはずだ。前任者からまるごと受け継いだこの店を、凜子の才覚で可能な限り居心地のよい場所へとブラッシュアップしていることがよくわかった。

「お仕事は……」

やがて、料理に精を出しながら凜子が言った。

「えっ」

「旅館は大丈夫なのですか。支配人兼料理長さんがこんな辺鄙なところまできてしまって」

「海鳥亭だって、十分辺鄙なところにあります」

「そういうことではなくて」

広瀬があははと笑うと、凜子は柳眉を八の字にして困ったように彼を見る。

「まさか、春海さんお一人に任せてきたわけではないですよね」

「いえ……」

春海の名前を出されると、いやでも広瀬の表情は曇った。

「義妹《いもうと》は、もうとっくにやめてます」

「えっ」

広瀬の返事に、凜子は絶句した。ふたたび料理の手を止める。

「い、いつ」

「あれからすぐに結婚しました。幼なじみの男性と」

「ええっ」

軽い口調で説明する広瀬を、驚いたように凜子は見た。

「あのときは……すみませんでした」

そんな凜子に、居住まいを正して深々と頭をさげる。

「あのとき……あの時点では、あれが義妹の本当の気持ちでした。でも……」

そこまで口にして、いささか怯んだ。話の続きをうながすように、凜子が眉をひそめて小首をかしげる。

「でも俺が、彼女の望むような男になれませんでした」

「広瀬さん……」

「誤解しているかもしれませんけど、義妹と将来を誓い合っていたわけじゃない。彼女となにもなかったとは言いません。言いませんけど、正直……うん、義妹はどこまでいっても、俺には義妹でしかなかった」

ふたたび店の中に沈黙が満ちていく。

凜子が中火でことことと筑前煮を煮る音だけがした。

「不安だったんだと思います、彼女」

「不安？」

問わず語りの広瀬の告白に、凜子が同じ言葉を返す。

「不安って……なにがですか」

広瀬は凜子を見た。そんな広瀬の視線に、凜子がハッとなる。

「凜子さんを見つめる……俺の目つきがです」

「広瀬さん……」

「あんな俺、見たことがなかったはずです。だから、凛子さんにもあんな失礼なまねを」

「そ、そんな」

もう一度頭をさげると、凛子はかぶりをふって広瀬を、そして春海を許した。

広瀬は顔をあげ、真摯《しんし》なまなざしで凛子を見つめる。

「ようやく……ここにきました」

凛子は言葉もなく、じっと広瀬を見つめ返した。

「会いたくて。どうしても凛子さんに会いたくて。もうとっくに新しい幸せを見つけてしまっているかなとも思ったんですけど、それでも我慢できなくて会いにきました。凛子さんを見つけ出すために、俺、探偵まで雇いました」

「まあ……」

広瀬の言葉に凛子は息を呑む。

店の前を小さな男の子たちが、陽気にはしゃいで駆けていった。男の子たちの笑い声がどんどん遠くなっていく。

格子戸の向こうは茜《あかね》色になっていた。

「まだ……間に合いますか」

広瀬は聞いた。

「広瀬さん……」

「もう遅かったようなら帰ります。こうやって一年ぶりに会うことのできた、凜子さんとの思い出を手土産に」

広瀬がそう言うと、凜子は恥ずかしそうに顔を背けた。清楚な美貌に朱色がさし、しかもますます紅潮する。

「あの……」

ようやく凜子が震える声で言ったのは、ずいぶん長い沈黙のあとだった。

「はい」

「いつも手伝ってもらっている、若い女の子がいるのですが……」

「は?」

広瀬のほうを見ずに凜子は言った。

「その子、風邪を引いてしまって。今夜は休ませることになって、じつは一人で大丈夫かなって、不安に思っていて……」

「凜子さん」

凛子がようやく顔をあげた。

楚々とした和風の美貌がほんのりと赤くなっている。

「よかったら」

「……………」

「手伝っていただけませんか。仮にもプロの料理人さんに、失礼だってことはわかっているのですけど」

「喜んで」

二つ返事で広瀬は応じた。

凛子は安堵《あんど》したように、サクランボさながらの朱唇から歯並びのいい白い歯をこぼした。

2

小料理屋「凜」が暖簾をおろしたのは、深夜十一時をまわってからだった。

手分けをして片づけをし、ようやく一段落したころには時刻は十二時をすぎていた。

「助かりました。ありがとうございました」

深夜のカウンターに二人並んで腰をおろしている。隣に座った割烹着姿の美熟女が、色っぽい挙措でビールの中瓶をそっと持った。

「とんでもない。すみません」

ビールを注いでくれようとしている凜子にグラスをさし出した。

凜子はたおやかな微笑をたたえ、上品な注ぎかたで広瀬のグラスにビールを満たしていく。

広瀬もまた、彼女のグラスにビールを注いだ。グラスをこつんと小さく合わせ、よく冷えた琥珀《こはく》色の液体を喉の奥に流しこむ。

「ああ、うまい」

思わず口にしたひと言は、純度百パーセントの本音だった。

満足のため息をついて破顔すると、凜子は目を細めて笑い、新たなビールを注いでくれる。

「よく入りましたね、お客さん」

二人で用意したつまみを口にしながら話をした。

白木のカウンターには、白身魚と根菜の揚げだし、だし巻き玉子、乾しいたけのバター醤油焼きなどが並んでいる。

いずれもあまった素材でこしらえたものだ。

「それにしても、いつもこんなに盛況なんですか、このお店は。ああ、やっぱりしいたけ、うまい」

焼きたてのしいたけをほくほくと頬張って広瀬は聞く。

「いつもというわけではないのですけど、おかげさまで、けっこうみなさん、きてくださって」

凜子は照れくさそうに微笑み、遠慮ぎみな声で答えた。

「まあ、無理もないですよね。こんなにきれいな女将さんがいて、しかも料理は抜群のうまさで。繁盛しないほうがおかしい」

「それほどのものでは……」

「いや、たいしたもんだと思いました。お世辞じゃないです」

そう断言すると、凜子はうれしそうに首をすくめた。

「でも……できればふぐの煮つけも食べてみたかったです」

冷たいビールが胃袋を加熱し、疲れた身体をじわじわと痺れさせていくのを感じながら広瀬は言う。

「覚えていてくれたのですか」

凛子が苦笑し、恥ずかしそうに言った。

「もちろん」

「もう、今年は旬が終わりましたから」

「ですね。くるのが遅かった。あはは」

声をあげて笑うと、凛子が隣でかぶりをふった。

「きてもらえるだなんて、思ってもみませんでした」

「……凛子さん」

「このお店で、広瀬さんとこんなふうに過ごせるなんて夢にも思わなかった」

店の中を見まわし、しみじみとした様子で凛子は言う。

目が合うと、照れくさそうに微笑んで広瀬にビールを勧めた。

酔いのせいで頬が熱くなってきたのを感じながら、広瀬はグラスをさし出す。

凛子に注いでもらって飲むビールは、やはり格別な味わいだ。

「遅くなかったですか。それじゃまだ……」

広瀬は喉を鳴らしてビールを飲み、さりげなく聞いた。

しかし、凛子は答えない。困ったように身じろぎをし、色っぽい挙措でグラスを傾け、ビールを飲む。

　そんな凜子の反応に、広瀬は無言の答えを察した。

　どうやら間に合ったようである。

「それにしても男のお客さんたち、こいつはいったいなんだって感じで俺を見てましたね」

　今夜のことを思い出し、広瀬はついおかしくなった。

「えっ、そうでしたか」

「そうですよ。あきらかに敵意を感じました。凜子さんファンのおじさんたちの視線が痛かったです」

「そんな……でもみなさん、広瀬さんの作ってくださったおつまみをおいしい、おいしいって」

「敵意に対抗するには、胃袋をつかむしかありませんからね。そんな目で見ないでくれって心の中で叫びながら、もう必死でしたよ」

「ウフフ……」

　広瀬の冗談に凜子は目を細めて笑った。

　アルコールのせいでリラックス感が増しているのか。清楚な美貌が艶やかな薄桃色に火照っている。目もとが特に色っぽく紅潮していた。熟れた色香が何割増しかで濃厚さを加えている。

箸をとり、つまみを口に運ぶなんでもない仕草までもが素敵だった。甘い体臭がほんのりと、隣に座る広瀬のところにまで届いてくる。

（あ……）

またもチラッと目が合った。

困ったように微笑んで凜子がうつむく。広瀬も彼女から視線を逸らし、ぎくしゃくとビールを口にした。

沈黙が訪れた。凜子はうなだれたま、じっと口をつぐんでいる。

「でも、俺」

やがて、ボソッと広瀬は言った。冗談めかしてはいるものの、精いっぱいの気持ちを言葉にこめる。

「あの男のお客さんたちに、言い訳できないんです」

「……えっ」

「だって」

凜子を見た。

「本当にみなさんから、あなたを奪いにきたんだから」

凜子が驚いたように目を見張った。

美しい柳眉を八の字にたわめ、息を呑んで広瀬を見る。

「凜子さん、俺」

声が震えた。うわずりかけた。しっかりしろと自分をはげます。

「あなたが好きです」

「広瀬さん……」

「愛しています。心から。今すぐじゃなくてもいい。凜子さんには凜子さんの人生があり、生活がある。そんなことはわかっている。でも、俺」

真摯な目つきで凜子を見つめる。

凜子は熱でも出たような、ぼうっとした表情だ。慌てた様子で目を逸らし、首をすくめてうなだれる。

「いつかあなたを……海鳥亭に連れていきたい。そして」

「…………」

「ずっとそこで……あなたと笑ったり泣いたりしながら暮らしたい」

「広瀬さん……」

ストレートな愛の言葉に、凜子は言葉を失った。またも広瀬を見つめ、肉厚の朱唇を嚙む。わなわなと唇が震えた。

「凜子さん？」

「奥様……」

やがて凜子は蚊の鳴くような声で言う。

「奥様が……なんておっしゃるか」

「凜子さん……」

「私なんかが……奥様のかわりに、そんな……」

「許してくれると思います」

とまどう凜子に、広瀬は断言した。

「俺が選んだのが凜子さんなら、絶対に」

「わ、私は……幸せになってもよい女ではありません」

「凜子さん……」

「だって、私のせいで主人は」

「凜子さんのせいじゃない。凜子さんだって被害者だ」

重苦しい顔つきになる凜子に、広瀬は必死に言った。

しかし、凜子はかぶりをふる。

「違います。加害者です。私がもっとしっかりしていたら、あの人は……」

「責めちゃだめだ、自分を。幸せになる権利をどうして放棄するんです」

「広瀬さん、あ……」

これ以上、言葉は無用だと思った。こみあげる熱いせつなさは、どんな言葉でも伝えきれない。

凜子に唇を求めた。凜子は緊張したように硬直し、長い睫毛を伏せる。

……チュッ。

「んんぅ……広瀬さん……」

「凜子さん、愛してる。んっんっ……ずっと俺、あなたのことを……」

「あぁぁ……」

ぽってりとした朱唇に押しつける唇は、ついつい獰猛なものになった。

右へ左へと顔をふり、鼻息を荒げてチュッチュと口を押しつけては、美しい熟女の口を吸う。

身体の奥の深いところで、ポッと官能の火種が点った。炭火のような官能は、焼ける熱さで広瀬の身体をじわじわと加熱して獣へと茹《ゆ》でていく。

「凛子さん……苦しまないで。苦しむなら、これからは俺が一緒に……」

「広瀬さん、んむぅ……」

ねちっこく口を押しつけ合うたび、甘い疼きが股間をキュンとさせた。

肉厚の唇がやわらかくひしゃげ、口から香る甘いアロマが媚薬のように鼻腔《びこう》に染みる。甘酸っぱさいっぱいの凛子へのいとおしさが、胸の中いっぱいにふくらんでいく。

一年前、宿の客室で交わしたキスの記憶が生々しく蘇った。

「わかりますか。この俺の気持ち……わかってもらえますか」

「はぁ……」

広瀬は凛子の白い首筋に口づけた。凛子はビクンと身体を震わせ、恥ずかしそうに、困ったように、甘く色っぽい吐息をこぼす。

痺れる思いで、そんな未亡人のなよやかなうなじにキスをした。

ストレートの黒髪を、凛子はアップにまとめている。

首筋にもやつくおくれ毛も、三十四歳の熟女ならではの濃厚な色香をいっそう艶めかしく強調していた。

「あふぁん、広瀬さん……」

広瀬はそんなおくれ毛を、唾液でベットリと首筋に貼《は》りつけた。

右の首筋にねちっこくキスをしたら、今度は左から。

続いて不意打ちのように白い喉もとへと、何度もしつこく口づけては責めの位置を変えていく。

「はうぅ、だめ……」

「はぁはぁ……凜子さん、愛してます。こ、こんなことまでするつもりはなかったけど、でも、俺……もう、我慢が」

訴える言葉にはせつない本音がどうしても混ざった。

なにしろこの世で最愛の女性なのだ。しかも、ようやく探し求めた彼女の気持ちもすでに広瀬はわかっている。

これでもまだ、大人しくしていろと言うほうが無理だ。不器用な大人の男はこんなふうにしか、自分の気持ちを伝えられない。

「お、奥へ……」

消え入りそうなか細い声でようやく凜子が言った。

「……えっ」

「…………」

「り、凜子さん――」

「ここじゃ、いや。汚いですけど、もしよければ、私の家へ……」

凜子の店は彼女が暮らすプライベートスペースの一角にあった。カウンターの奥に扉があり、そこから私的な空間へと出入りできるようになっている。

「いいんですか」

一夜の宿を提供するとは、すでに凜子から約束されていた。

しかし今の凜子の言葉は、それ以上の夜になってもかまわないと認めてくれたことを意味する。

「恥ずかしいです。苦しいです。いいのか悪いのかって聞かれたらわからない。ただただ恥ずかしいし、苦しい。私、自分に自信なんてこれっぽっちもありません。でも――」

潤んだ瞳で凜子は広瀬を見た。

「私なんかで本当にいいのなら……抱いてほしい」

「凜子さん……」

「抱いてください。はしたない女だって思われてもいい。奥さんにはもう、さっきからずっと謝っています。私の主人にも。でも……こんな夜が私の人生に待っていただなんて……泣いてしまいそうです」

「おお……」

「忘れさせて、なにもかも……」

なんてかわいいことを言ってくれるのかと、ますます甘酸っぱい多幸感が増した。

椅子からすべり降り、凜子も降ろす。

割烹着姿の美熟女を万感の思いで抱擁した。凜子の身体は温かだった。得も言われぬやわらかさにも満ちている。

長い航海のすえにようやくたどり着いた港にも思えた。港には暖かな日差しが燦々《さんさん》と降り注ぎ、身体も心も溶解させる。

「ああ……」

広瀬に抱きすくめられ、凜子も感きわまった喘ぎをこぼした。なんて色っぽい声を出すのかと広瀬は身悶えしたくなる。

どうしても堪えきれず、もう一度朱唇を奪った。

凜子は覚悟を決めたかのように、自らも熱烈に広瀬の口を吸い返した。

3

「広瀬さん、んっ……」

「はぁはぁ……り、凜子さん。んっんっ……」

……ちゅう、ちゅぱ。ピチャ。

六畳の和室へと場所を変えた。

畳の上に布団が敷かれ、広瀬と凜子は熱烈に抱擁しあっている。

二人とも風呂からあがったばかりだった。

広瀬は持参したジャージの上下。広瀬に続いて風呂を使った凜子は、湯あがりの身体を寝巻の浴衣に包んで彼に抱かれた。

白地に紺色の幾何学模様をあしらった色気たっぷりの浴衣である。

幾何学模様と同じ色合いをした濃紺の帯も、三十代の色香を艶めかしく強調している。

湯あがりの未亡人は黒髪をとき、白い枕とシーツに流していた。烏《からす》の濡れ羽色をした艶髪が、闇より深い漆黒の川のように見える。

凛子の私的空間は小料理屋の奥に続いていた。平屋の古い家。１ＬＤＫの造りである。

店と行ききできる入口から、まっすぐに廊下が延びていた。

店を背にして右側に、リビング兼用のダイニングキッチンがある。廊下の向かいにこの和室があり、廊下の奥には向かい合う形でトイレと洗面所。洗面所の奥に、先ほど使ったばかりの風呂場があった。

広瀬は凛子ととろけるような接吻に耽った。音を立てて口づけ、強引に舌をもつれさせながら、部屋の中をさりげなくたしかめる。

降り積む時の重みが濃縮されたような生活臭が、じっとりと粘りついているかのような和室だった。

しかし、そこには同時にさまざまな香りが入り混じっている。

凛子が毎日熱心に焚くらしい線香の香り。店で使う着物や割烹着の繊細で清潔な和風の匂い。そして、未亡人の身体から二十四時間むせ返るように溢れ出す熟れた甘味……。

（仏壇……）

部屋の一隅に小さな仏壇がある。扉はぴたりと閉じられていた。仏壇のほかにはタンスがひとつあるだけで、あとはなにも置かれていない。

（とうとう俺、こんなところで凜子さんと）

広瀬は万感胸に迫る思いで上体を起こした。濃紺の帯に手をやると、すばやくそれをほどいていく。

「ああン、広瀬さん……」

「み、見たい。見たいです、凜子さんの裸が」

衝きあげられるような思いで本音を口にした。もっとスマートにふるまいたいとは思うものの、凜子への恋情が強いあまり平常心ではいられない。

「広瀬さん……」

「宿の風呂場で見た凜子さんの裸……忘れられませんでした。思い出しちゃだめだって、いつもふり払おうとしました。でも、網膜と脳味噌に焼きついてしまって。苦しかったです」

「あああ……」

帯を完全にほどき、熟れた身体からシュルシュルと抜いた。浴衣がハラリと力を失い、胸の合わせ目がしどけなくはだける。

広瀬はもうたまらなかった。荒くなる鼻息をどうにもできない。浴衣の胸もとをつかんだ。そのまま大胆に、ガバッと左右に夜着をかき開く。

――ブルルンッ！

「はあぁん、いやあぁ」

「うおお。ああ、凜子さん、こ、このおっぱいでした」

「あっはあぁぁ」

湯あがりの素肌にブラジャーは着けていなかった。ダイナミックに飛び出してきたのは、小玉スイカ顔負けのたわわに実った乳果実だ。

重たげに盛りあがる双乳は、焼いた餅のようにぷっくりとふくらんでいる。量感溢れるおっぱいはGカップ、九十五センチほどは余裕であった。しかも凜子の肉房は、大きさだけでなく抜けるような色の白さにも恵まれている。

そんな魅惑の乳球が、皿に盛ったばかりのプリンのようにあだっぽく房を揺らした。

広瀬は息苦しさを覚えつつ、ふたたび凜子に覆いかぶさり、両手でせりあげるように乳をつかむ。

「あぁン、ひ、広瀬さん」

「このおっぱいでした。このおっぱいでした。ああ、凜子さん」

……もにゅもにゅ。もにゅもにゅ、もにゅ。

「はぁンン、恥ずかしい……そんな目で、おっぱいを見ないでください」

ねちっこい指遣いで乳房をまさぐりながら、焦げつくほど熱い視線を二つのふくらみに粘りつかせる。

熱く淫靡な鼻息を降り注がせながらの視姦に、凜子はくなくなと身をよじり、せつなさ溢れる震え声で哀訴する。

「そんなこと言われても、む、無理です、凜子さん」

うわずった声で広瀬は言った。

「凜子さんのことが好きで好きで。だから、お風呂で目にしたこのおっぱいも、忘れようとしても忘れられなくて」

「広瀬さん……」

「こうしたかった。いやらしい自分に嫌悪を覚えましたけど、本当はこうしたかった」

「はあぁぁン」

まんまるに盛りあがる双乳の頂には、あでやかなピンクの乳暈《にゅううん》とそれより幾分深い色をした乳首の突起があった。

ミルクのような色合いの乳肌からこんもりと盛りあがる乳輪と乳首の組み合わせは、鏡餅でも見ているかのようである。

広瀬は乳芽に狂おしくむしゃぶりついた。すると凜子は感電でもしたようにビクンと肢体を痙攣させ、それまで以上に身をよじる。

「おお。凜子さん、凜子さん」

……ちゅうちゅう。れろれろ、れろ。

「あっあっ……はうう。広瀬さん、いや。恥ずかしい。はあぁぁ……」

中年男のいやらしさが横溢した指遣いで、グニグニとしつこく乳を揉んだ。

いとしの凜子の乳房を揉みしだいていると思うと、さらに尋常な精神状態ではいられなくなる。

そのうえ今や口の中には、ぷっくりと勃起したいやらしい肉粒があった。

広瀬は万感の思いにとらわれつつ、赤子のように乳首を吸い、舌で転がして乳輪に擦り倒す。

「ああン、いやァ。ハアアァ」

しかも、それは一方の乳首だけではない。

片方を吸ったり舐めたり転がしたりしたら、今度は一転、もうひとつの乳芽にもはぷんとむしゃぶりつく。

さらにもう一方へ。続いてもう片房へ。

ねちっこく乳を揉みしだきながらの乳首舐めは、そこまでしゃぶりたかったのかと呆れられてもおかしくないほど延々と続く。

「はうう。広瀬さん、そんなに……いっぱい、おっぱいを……はあああぁ」

「たまらないんです。たまらない。んっ……」

「あっはあああぁ」

乳首をねろんと舐めあげるたび、凜子はビクン、ビクンと痙攣した。

のたうつ肢体にも尻あがりに艶めかしさが増す。浴衣からのぞく色白の肌が闇の中で薄桃色に火照っていく。

「言いましたよね。こうしたかったんです、俺。ああ、ようやく夢がかなった」

色っぽく紅潮していく熟れ肌にも恍惚としながら広瀬は言った。

「広瀬さん……」

「凜子さんに受け入れてもらえた。急に目の前が明るくなりました。俺、世界で一番幸せ者です。はっきり言って俺今、怖いものないです」

「んっハアア。あはあアァ……」

さらに激しい舌遣いで、乳勃起をれろれろと舐め転がした。

エスカレートする広瀬の責めに応《こた》えるように、凛子の反応も大胆さを増す。

マッチでも擦るような荒々しさで乳首に当てた舌を跳ねあげた。

そのたび、美貌の未亡人は鼻にかかった声をあげる。押しつけられる電極のボルテージがあがりでもしたかのように、いっそう派手にビクビクと火照った身体を震わせて喘ぐ。

「感じてくれてますか、凛子さん」

「ひ、広瀬さん、恥ずかしい……私、本当にこういうこと、久しぶりで……」

間違いない。未亡人は自分の身体の敏感さに、少しばかりうろたえていた。

だが、それも無理はない。

むちむちと熟れた三十四歳の肉体に、今ふたたび官能の炎が点ったのだ。

火照った皮膚を震わせ、切迫した吐息を艶めかしく喘がせる未亡人は、長いこと忘れていたはずの、とろけるような官能に理性を忘れて酔いしれている。

「うれしいです。感じてください。ああ俺、どんどんいやらしくなってしまう」

衝きあげられるような劣情が、卑猥な猛毒さながらに心と身体を蝕《むしば》んだ。

「はうう。広瀬さん、ああァン……」

尻をもじつかせる熟女の身体から、乱れた浴衣をすべるように脱がせた。

浴衣の用をなさなくなった布を畳のほうに放り投げれば、もっちりと肉感的な豊熟の身体が、温度と湿度をあげた闇の中にぼんやりと浮かびあがる。

「おおお、凜子さん……」

広瀬はうっとりと半裸の熟女に見とれた。

どこもかしこもやわらかそうな身体は、シルクのようにきめ細やかな上質の肌を持っている。

ほんのりと上気した匂いやかな肌が、新鮮なミルクに桜のエキスをミックスしたような凄艶《せいえん》なピンクを見せつける。

健康的なエロスに恵まれたむちむちボディは、背脂感が半端ではなかった。隠そうとしても隠しきれない旨味成分を滲み出させ、闇の中でも濃厚な艶光沢を放っている。

とりわけどうだ、このおっぱいのいやらしさは。どうだ、この太腿の、むしゃぶりつきたくなるような脂身の迫力は。

こんもりと盛りあがる股間には、ベージュのパンティが吸いついていた。

　よけいな装飾などどこにもない、シンプルで地味なパンティ。だが広瀬には、逆にそれがいい。

　持って生まれた上品さと健気さ、楚々とした魅力が、なんの変哲もないベージュのパンティをとびきりセクシーな下着に変えていた。

「あっ、広瀬さん」

広瀬はパンティに手を伸ばし、脱がせようとした。すると凜子は反射的に、パンティに指を伸ばして脱がせまいとする。

「見せてください、凜子さん。見たくて見たくてたまらない。凜子さんがここに隠している、いやらしくて素敵なものが」

「あああ……」

広瀬はそう言って、そっと凜子の指をどかせた。凜子は熱いため息を艶めかしく漏らし、観念したようにパンティから指を離す。

　改めて、広瀬はパンティの縁に指をかけた。

　そっと股間から剝こうとすると、羞恥に小顔を赤らめつつ、未亡人はわずかに尻をあげて広瀬に力を貸す。

4

「おお、凜子さん」

……ズルッ。

「ああァン、いやァ……」

「うお、うおお……」

……ズルッ。ズルズルズルッ。

凜子の股間に張りついていた三角形の下着が、クシャクシャにまるまって太腿を下降しはじめた。

露になったヴィーナスの丘は、ふかしたての肉まんのようにこんもりと盛りあがり、セクシーな曲線を広瀬に見せつける。

恥丘を彩る陰毛は、あの夜も目にしたとおりのはかなげな淡さ。秘丘のまん中に寄り添うように集まって黒い縮れ毛をもつれさせている。

「ああ、また見ることができた。そうだった。こんな陰毛でしたね、凜子さん」

ふたたび目にすることのできた柔肉の眺めに、広瀬はうっとりしながらついハレンチなことを言ってしまう。

「い、いやです。だめ……」

凛子は恥ずかしそうにかぶりをふり、内股になった。両手を慌てて股間に伸ばし、指摘された羞恥の局所を広瀬の視線から隠そうとする。

「だめです。見せて、もっと」

広瀬は凛子の反応に慌て、秘丘を隠そうとする両手を払った。

「きゃああ」

二つの足首から完全にパンティを脱がす。熟女の両脚をすくいあげた。容赦なく身体を二つ折りにし、二目と見られぬ大胆なM字開脚姿にさせる。

「あぁん、いや。広瀬さん、恥ずかしい……」

「み、見たいんです、恥ずかしがる凛子さんが。そして、凛子さんのここが。見せて。お願いです。もっと、いっぱい」

「あああ……」

品のないポーズをいやがって、凛子は何度も激しく暴れた。同時に両手で股間を隠し、なおも恥ずかしい部分を隠そうとする。

しかし、広瀬はそれを許さない。何度も凛子の手を払い、やわらかな内腿に指を食いこませてガニ股姿を強要する。

そしてとうとう秘毛の下の、まだ見たことのない究極のワレメを食い入るように凝視した。

「くうぅ。凜子さん、おおお……」

広瀬は呻くような声をあげ、思わず生唾を飲みこんだ。

もやつく秘毛のすぐ下に、ヌメヌメと粘つく妖艶な秘肉がピンクの粘膜をさらしている。粘膜はたっぷりの蜜を滲ませ、ヒクン、ヒクンと不随意に弛緩《しかん》と収縮をくり返した。

大陰唇の白い肉土手を左右に追いやって、生々しさ溢れるピンクのビラビラがいやらしく飛び出している。

ラビアは百合《ゆり》の花のようにひろがり、隠していなければならない粘膜を惜しげもなく露出させていた。

未亡人の膣粘膜は、たった今切り落としたばかりのローストビーフの切断面を彷彿とさせる。

しかもこのローストビーフはたっぷりの蜜にまみれており、磯《いそ》の香りと酪農臭をミックスしたような香りを漂わせていた。

ワレメにはそこはかとない甘酸っぱさも加わって、嗅《か》ぐだけでこちらの理性を麻痺させる強烈な媚薬の存在も感じさせる。

「い、いやです。そんなに見ないで……」

「ああ、凜子さん」

「きゃあああ」

不躾《ぶしつけ》な視線をいやがって凜子が身をよじろうとしたのと、舌を突き出した広瀬が彼女の媚肉にヌチョリとそれを突き立てたのはほとんど同時だった。

「はあぁアン、広瀬さん……」

「おお、たまらない。オマ×コだ。凜子さんのオマ×コ。こ、興奮してしまう」

……ピチャピチャ。ねろねろねろ。

「あはあぁ、だめ。そんなに舐めたら恥ずかしい。あっあっ……ひ、広瀬さん、あっあっ……あっあっあっ……」

「おお、おおお……」

清楚な未亡人を仰向けにつぶれた蛙のような格好にさせた。広瀬はグイグイと体重を押しつけ、熱っぽいクンニリングスに身を委ねる。

秘部のあわいをほじほじと、舌をくねらせて執拗《しつよう》にほじった。

子宮へと続く膣穴のとば口を硬く締まらせた舌先でグリッ、グリッと責め嬲れば、凜子は「あああ」と我を忘れた声をあげ、右へ左へと尻をふる。

秘割れはハートのような形をしていた。

ラビアは思いのほか肉厚で、重たげにめくれ返っている。

ハートの花の上部には、莢《さや》から半分ほど剝けかけた真珠のような突起がぴょこりと屹立し、顔をのぞかせている。

「あっはああァ。広瀬さん、そんな……そんなぁ、あああぁ」

広瀬はそこにむしゃぶりつき、ねろねろと舌で舐めはじいた。舌を巧みにくねらせて、莢から肉実をずる剝けにさせる。

剝き出しになった朱色の肉芽に舌のパンチを浴びせかけた。右から左から、上から下から、何度も激しく舐めしゃぶり、未亡人に獣の声をあげさせる。

「はあァアン。ひ、広瀬さん、いやン、激しい……激しいです。はあああぁ」

「凜子さん、愛してる。凜子さんのことが大好きで大好きで、どうしてもいやらしいことをしてしまいます。んっんっ……」

「あっはあァアン。うあああァァ」

尻あがりに高まるよがり声に、取り乱した気配が濃厚になった。

剝き出しのクリ豆を怒濤の勢いで舐めしゃぶられ、取り繕うすべもないほどに秘め隠した素顔が露になる。

「感じてるんですね、凜子さん。クリトリスがどんどん勃起して……」

「はぁぁン。あっハアァ。ぼ、勃起なんて言わないで。恥ずかしい。恥ずかしいです。あァ、いやン。いやン、いやン。そんなに舐めたら……はあああぁ」

「凜子さん、凜子さん」

……ピチャピチャ。れろれろれろ。

「だめ。困る。困るンン。んはあ。ああああぁ」

「うおっ」

……ビクン、ビクン。

とうとう凜子は淫らな頂点へと突き抜けた。

炒められる海老《えび》にでもなったかのように裸身を跳ね躍らせて「うー。うー」とせつない呻き声をあげながら右へ左へと身をよじる。

「おお、凜子さん」

「み、見ないで。お願いです。こんな私、見ないで。ああ……」

「イッたんですね。舌だけで……」

「そんなこと言わないで。わ、私、いつもはこんなじゃ。アアァン……」

広瀬はうっとりと、凜子の痴態を見おろした。

未亡人は恥ずかしい姿をさらす自分を恥じらい、哀訴の声を漏らしては、いやいやと色っぽくかぶりをふる。

もっちりとした裸身を艶めかしくくねらせ、ヒクヒクと痙攣する未亡人は、震いつきたくなるほどセクシーだ。

痙攣する自分を押さえつけようとするかのように、両手で自分をかき抱くポーズになる。

二つのおっぱいがくびり出され、ゼリーのようにひしゃげて前へと飛び出した。

そんな乳房が持ち主と一緒にフルン、フルンとよく揺れる。白い乳肌に淫靡なさざ波が立ち、勃起乳首が頂で何度も色っぽく円を描いた。

「はぁはぁ……」

広瀬は引きちぎるかの勢いで、着ていたジャージを脱ぎ捨てる。

半袖の下着に続いてボクサーショーツをむしりとれば、ブルンとしなった極太が鎌首をもたげる蛇のように亀頭を突きあげた。

5

「あ……ああ、広瀬さん……ハアァ……」

にょきりと反り返る股間の淫棒を、凜子もはっきりとその目にとらえる。

驚いたように目を見開いたのは、人並みはずれた肉棒の大きさに不意をつかれたからだろうか。

はじかれたようにあらぬかたを向く。

しかしまだなお、その肉体は正常な状態に戻れない。不随意な痙攣は思わぬしつこさで凜子の肉体を呪縛しつづけた。

「凜子さん、もうだめだ。我慢できない」

淫らな牝の顔を露にする未亡人に、勃起したペニスが鹿威《ししおど》しのようにしなった。

汗ばむ女体に覆いかぶさると、いよいよ合体の態勢に入る。

「はあぁ、広瀬さん、あっ……あっあっあっ……」

股間に手を伸ばし、焼けるような熱さの剛直を握った。

亀頭でラビアをかき分けると、ヌチョヌチョと卑猥な音を響かせて、上へ下へとペニスをふり、牝割れに鈴口を擦りつける。

「あっあっ、いやン、広瀬さん……あぁん、どうしよう。フッハアアァ……」

「い、挿れますよ、凜子さん。いいですね」

……グチョグチョグチョ。

「はあぁぁん」

性器の擦れ合う部分から、一段と派手でいやらしい粘着音がした。

どうやら膣口が卑猥な収縮をしているらしい。潜りこもうとあやす亀頭の先を何度もキュッ、キュッと締めつけた。そのたび甘酸っぱい電撃が閃き、股間から四肢へ、脳天へとシミのようにひろがっていく。

「挿れますよ。挿れますよ、凜子さん」

「はうう……」

全裸の熟女はしがみつくように広瀬の裸身に抱きついてくる。

薄桃色に火照ったやわらかな裸身は、じっとりと汗の湿りを帯びていた。小玉スイカのようなおっぱいが二つの身体に挟まれて、たゆんたゆんとクッションのようにひしゃげてつぶれる。

乳勃起はもう焼ける熱さだ。広瀬の胸板に、炭火顔負けの灼熱感を伝えて食いこむ。広瀬は膣のとば口に亀頭を押し当てた。そしてそのままゆっくりと、腰を突き出してペニスを進める。

……ヌプッ。

「あああ」

「うおっ、凜子さん」

……ヌプッ、ヌププッ。

「あぁン、ひ、広瀬さん、ああ、すごい。すごい。待って。はあぁ……」

「うおっ、うおおおっ……」

怒張が飛びこんだそこは、とろけるようなぬめりに満ちた肉の泥濘《ぬかるみ》だった。汁の潤みが豊潤なあまり、すぐには肉壁のヒダヒダの感触さえよくわからない。

「くぅ、凜子さん、狭い……」

そのうえ、凜子の膣路は驚くばかりに狭隘だ。

もしかして挿入する穴を間違えてしまったのではないかと思うほどの狭苦しさで極太を絞りこみ、入口へと押し返そうとする。

それでも広瀬はペニスを進めた。

ズズッ、ズズッと少しずつ膣の奥へと野太い男根を埋没させていく。

「アァン、広瀬さん……いやだ、困る。すごい、奥まで……あっあぁぁ……」

(き、気持ちいい)

最後は力任せだった。

根元まであまさず全部を挿入したいという本能がある。

互いの性器をなじませようと、ゆっくりと、ゆっくりと挿入を進めた最後の最後。広瀬は大きく鼻息を乱し、ズズンと最奥まで亀頭をえぐりこむ。

「あああああ」

「えっ、凜子さん……」

すると、凜子がたまらずとんでもない声をあげた。

しかも、覆いかぶさる広瀬を撥《は》ね飛ばしかねない激しさで、またもビクビクと裸身を痙攣させる。

「凜子さん、もしかして」

「い、いやです。いや。見ないで。顔、見ちゃいや。あああ……」

身体を深くつなげ合ったということは、目と鼻の距離に互いの顔があるということだ。

凜子はそれを恥じらった。こんな状況で自分の顔を見られたくないという思いは、口先だけのものではないようだ。

驚いたように固まる広瀬の視線から逃れるように右へ左へと美貌をふった。

白い首筋が淫らに引きつる。

細めた瞳がドロリと濁り、今この瞬間未亡人が平常心とはほど遠い精神状態にあることを雄弁に物語る。

「はぁはぁ……ち、ち×ぽ……ち×ぽを挿れられただけで、またイッちゃったんですね、凜子さん」

本能のまま女の悦びを露にする美熟女に、広瀬は歓喜した。

こんな間柄にでもならなければ見ることなどかなわない、官能的な寝室の姿。それを生々しいまでに目の当たりにできているかと思うと、年がいもなく子供のように誰かに自慢さえしたくなる。

「あぁ、恥ずかしい。変なの。私、変です……いつもはこんなじゃ——」

「ああ、凜子さん……」

「きゃひ」

……バツン、バツン。

「あっあっ。あああぁ、うあああぁ。ああ、だめ。だめだめ。ああああぁ」

感じてしまう自分に恥じらい狼狽する、楚々とした未亡人に欲情した。じっとりと湿った熟女の裸身をかき抱き、鼻息を荒げて腰をしゃくる。

いやらしい粘りに満ちた狭隘な肉洞を、ズルッ、ズルズルッと窮屈そうな音を立て、猛る男根が行ききした。

切迫感を露にして抜き差しされる肉スリコギが牝園をかきまわすたび、グチュッ、ヌチュッと浅ましい汁音が高らかに響く。

(最高だ)

広瀬は極楽そのものの快感に、身も心もとろんととろけた。腑抜《ふぬ》けのように全身が弛緩し、力が抜けていくような心持ちになる。

そのくせ膣へと潜りこむことのできた肉棒だけは、いっそう力と雄々しさを増していた。硬さも太さも何割増しかになり、一段と野性味たっぷりに、ぬかるむ牝洞をえぐり倒す。

「ハアアン。あっあっあっ。いやだ。すごく……すごく奥までえぇぇ」

「くうぅ。凜子さん、はぁはぁ……」

広瀬の牡杵《きね》は容赦なく、膣奥の子宮餅を搗《つ》いた。数年ぶりで女の本能を覚醒《かくせい》させた熟れ女体にとって、それは相当激烈で耽美な刺激に違いない。

「あっあっ。あああ、うあああああ」

「り、凜子さん」

「いやだ、私ったら、すごい声。でも……でも、うあああ。いやだ、困る。出ちゃう。そんなに奥まで突かれたら。変な声出ちゃう。あああああ」

（おお。ほんとにエロい声）

前夫とのまぐわいでも、すでに相当な部分まで開発されていたに違いない。

ポルチオ性感帯がもたらす卑猥で鮮烈な快感に、凜子は生々しい反応を返し、我を忘れてはしたない声をあげる。

「感じてるんですね、凜子さん。俺、うれしいです。ねえ、恥ずかしがらないでいっぱい感じて。遠慮しないで、獣になって」

心からの思いを言葉にしながら、広瀬は猛然と腰をふった。

肉傘で膣ヒダをかきむしるたび、火を噴くような閃きがくり返しはじける。最奥の子宮にズズンと亀頭をめりこませるたび、カリ首を包んだ子宮口がキュッとすぼまってひときわ強く鈴口を締めあげる。

「あああ、あああああ。広瀬さん、恥ずかしい。恥ずかしい」

荒々しさを増してくり返される怒濤の突きに、凜子はもう半狂乱だ。

嵐に吹き飛ばされまいとでもしているかのように広瀬に抱きつき、日ごろの慎ましさをかなぐり捨てて、生殖の悦びに狂喜する。

「恥ずかしがらなくていい。こんな凜子さんが大好きだ。本当に好きです」

「り、凜子って」

「えっ」

「広瀬さん、凜子って」

「凜子さ……」

「呼び捨てにして。私なんかに、もう気を使わないで。私、あなたの女です。夫にも許してもらいます。奥様にも認めてもらえるよう努力します。だから、呼び捨てにして。もっと、偉そうにして」

「おお、凜子……凜子」

「ああ、あああああ」

言葉は魔法だ。

しかも、あっという間にマジックは発動する。

凜子を呼び捨てにしたとたん、未亡人はさらに一段、官能のギアをあげた。喉からほとばしる声に乱れた歓喜が加われば、牡茎を締めつけるぬめり肉の蠕動ぶりにも、さらに艶めかしい緊縮力が増す。

（凜子、俺の凜子）

そして、魔法は広瀬にもかかった。

この人は俺の女だと、それまで以上の狂おしさで全裸の熟女に気持ちが昂る。必ず俺が幸せにしてやるのだと、めくるめく多幸感の間隙を縫うかのように、生きることへの熱い血潮が改めて身体にみなぎってくる。

「凜子、凜子」

……バツン、バツン。

「はあァン。広瀬さん、あっあっ、いやだ、すごい。んはあぁ……」

広瀬は猛然と尻をふった。

暴発寸前の男根を膣奥深くまで突き刺しては、ガリガリとカリ首で膣ヒダをかきむしりながら勢いよく抜く。

グチョッ、ヌヂュッという汁音が、ますます粘りとボリュームを増した。凜子は何度も広瀬に抱きつき「あああ、あああぁ」と取り乱した声をあげる。

「ああン、もうだめ。またイッちゃう。ごめんなさい。またイッちゃうンン」

常軌を逸した黄色い声だった。広瀬はゾクゾクと鳥肌が立つ。

凜子を強く抱きしめ返した。熟女の美肌はいつしか大量の汗を噴き出させている。あまりに強く抱きしめたせいで、肌と肌とがヌルッとすべった。

それでも広瀬は凜子を抱き、狂ったように腰をふる。

「ああぁ。気持ちいい。気持ちいい。イッちゃう。イッちゃうンンンッ」

「いいよ。イッて。好きなだけイッて」

「イクッ。イクイクイクイクゥッ。あっあああぁぁ！」

……ビクン、ビクン。

「おお、凜子……」

広瀬の肉棒で膣奥深くまで貫かれたまま、またしても凜子は昇天した。

（エ、エロい）

見ればその顔は、もはや凜子とは思えない凄艶さだ。

限度を超えた恍惚に歓喜して、なかば白目さえ剝いている。肉厚の朱唇があうあうと、理性を失って小刻みに震えた。

「くうぅ……」

広瀬は腰を引き、ズルッとペニスを抜いた。

「きゃはあああ」

　すると凜子の膣からは怒張に追いすがるかのようにして、小便さながらの迫力で勢いよく潮が噴き出してくる。

「おお、いやらしい……」

「あぁぁ、だめ。いやン、いやン。私ったら……ああ、だめぇ、はあぁぁ……」

　凜子はビクビクとなおも裸身を震わせながら、浅ましい潮噴きに身をやつす。痙攣のたび、ひときわ力が入るのか。うう、うう、とうめくと同時に、新たな潮がビュービューと水鉄砲の勢いで淫肉からしぶいた。

　噴き出した潮はバラバラと、軒を打つ夕立のような音を立てて、布団へ、畳へと降り注ぐ。

「はぁはぁ。凜子……」

「はぁはぁはぁ……広瀬さん……えっ」

　凜子の痙攣は、今度もなかなかやまなかった。

　広瀬は布団から降りると、そんな凜子ごと布団を引っぱって位置を変える。

　いざなったのは、小さな仏壇の前だった。両手をあわせて真摯に拝むと、広瀬は凜子の許しも得ず、仏壇の扉を左右に開く。

　中央の一番高いところに釈迦《しゃか》如来らしき仏像が鎮座していた。

その横に写真立てがある。

おそらくこの男性が凜子の夫だった人だろうと広瀬は思った。

男性はやさしい笑顔でこちらを見ている。広瀬はもう一度合掌し、心からの祈りを捧げた。

6

「ええっ。ひ、広瀬さん、えっえっ、あああ……」

思わぬ事態にとまどう熟女の火照った身体を反転させた。腰をつかんで背後に引っぱり、四つん這いの格好にさせる。

「ちょ……広瀬さん、ええっ」

獣の体位になった凜子の眼前には、開扉した仏壇と夫の遺影があった。遺影は柔和な笑みを浮かべ、獣の姿の妻を見る。

「凜子、旦那さんに見てもらうよ」

最愛の熟女の背後で体勢を整えながら広瀬は言った。

反り返る肉棒は、未亡人の卑猥な蜜にまみれてドロドロになっている。

　それを手にとり角度を変えた。いやらしい汁をダダ漏れさせるローズピンクの牝粘膜に、クチュッと亀頭を押しつける。

「あああぁ。ひ、広瀬さん」

「見てもらうよ。あなたの女房はもう俺のものだって。ごめんなさい。俺にくださいって。見てもらいたいんだ。凜子が本当に、俺の女になったことを」

　そう言うと、ググッと両脚を踏んばった。

　汗みずくのヒップをつかみ、今度は最初から一気呵成に、ズブリと奥までペニスを突き入れる。

「あああああああ」

「おお、すごい声。凜子、凜子」

　膣の潤みは先刻までより、いっそうヌチョヌチョと下品なものに変わっていた。

　四つん這いのケダモノは白いシーツをつかみ、濡れたように艶めく長い黒髪をふり乱す。

　凜子も脚を踏んばって広瀬を受け入れる態勢を示した。

　脹脛の筋肉がクポッと盛りあがり、健康的なエロスをたたえた白い太腿がブルブルと震える。

「はぁん、広瀬さん、ああ、あなた……あなたあああ」

「くうぅ」

――パンパンパン。パンパンパンパンパン！

「はあぁぁん。あっあっあっ。あなた、ごめんね。あなた、あああああ」

亡夫に向かって「あなた」と叫ばれると、サディスティックな情欲が募った。やわらかな尻肉に食いこませる指にも、膣奥深くまでたたきこむ怒張にも、妬心混じりの力がみなぎる。

うしろからガツガツと怒濤の勢いで犯され、凜子は一匹の獣になった。

今にも引きちぎらんばかりにシーツを引っぱり、好色そのものの淫声をほとばしらせる。目の前の遺影に涙に濡れて「あなた、あなた」と泣き叫ぶ。

「あなた、ごめんなさい。私を許して。ううん、許さなくてもいい。恨んでもいい。でも……広瀬さんのところに行かせて。ねえ、行ってもいいでしょ。いいよね。いいよね、あなた。あなたああ、あああああ」

「おお、凜子」

凜子は肉欲の劫火《ごうか》を狂おしく燃えあがらせた。

細い喉から溢れ出す声は、いとしい男に膣をかきまわされる女の悦びに充ち満ちている。

　狂ったようにふり乱される黒髪から甘い香りが立ちのぼった。

　熟れた裸身はいっときも休むことなくくなくなとくねり、釣鐘のように伸びた豊乳がたゆんたゆんと揺れまくる。

「ぬお、おおお」

「はあぁぁん。あああぁぁ」

　広瀬があまりに激しく突くせいで、布団が仏壇にリズミカルに激突した。

　小さな仏壇が小刻みに振動し、なにか叫んでいるかのように遺影がカタカタと音を立てて揺れる。

（ああ、もうイク）

　悪いけど、この人を愛しています、旦那さん――そう思い、心で謝りながらも遺影に見せつけるように熟女のヒップに股間をたたきつけた。

　そのたび押し出されるかのようにして、泡さえ立てた愛蜜が勢いよく飛び出し、布団を、畳を、広瀬の股間をヌメヌメと濡らす。

「はあぁ、広瀬さん、気持ちいい。夫の前なのに感じちゃう。感じちゃうンン」

「凜子……」

「イッちゃう。またイッちゃうゥ。ああン、すごいのくるの。くる。くるうう」

「いいよ。イッて。お、俺もイク。中に出すよ」

取り乱して叫ぶ凜子と呼応するように、一気に射精衝動が膨張した。

地鳴りのような騒音が耳の奥からゴゴゴと高まる。

世界が不穏に激しく揺れた。

広瀬も揺れた。

凜子も揺れた。

気づけば凜子は自らも前へ後ろへと身体をふり、膣のいっそう深い部分で広瀬のペニスを味わっている。

湿った尻と股間がぶつかり合う生々しい爆ぜ音が深い闇を震わせた。

「ああ、いやらしい。凜子、イク……」

清楚な熟女のあられもない姿に、今にも爆発しそうなまでに快感が高まった。

陰嚢の中で煮こまれた灼熱のザーメンが暴走をはじめる。

ふぐりの肉門扉を荒々しく突き破った、うなりをあげた精液の濁流が重力に逆らって、陰茎のまん中をせりあがっていく。

（ああ、凜子）

「うああ。いやン、気持ちいい。こんなのはじめてなの。またイッちゃうンン」

「おお、出る……」

「ああ、あなた、ごめんね。気持ちいいの。広瀬さん、広瀬さん、あああ、あっああああああ！」

——びゅるる！　どぴゅどぴゅどぴゅ！

「おおお……」

広瀬はエクスタシーの彼方へと、錐《きり》もみしながら突き抜けた。

うっとりと瞼を閉じ、いとしい女性の膣奥に精液を飛び散らせる至上の恍惚に身を委ねる。

三回、四回、五回。

男根が膨張と収縮をくり返し、吐き出すようにザーメンをゴハッ、ゴハッと子宮にぶちまけた。

そんな陰茎を腹の底にまる呑みしたまま、三十四歳の未亡人は派手に裸身を痙攣させ、女の悦びに身を焦がす。

「あ……あああ、広瀬さん……入ってくる……広瀬さんが、いっぱい……」

「凜子……」

凜子は完全に白目を剝いていた。

見てはいけない顔にも思えた。

広瀬は幸せだった。

今にも泣いてしまいそうだった。

今日のこの幸せを、俺は一生忘れない——心でそう誓いながら、精子の最後のひと搾りまで、いとしい女の膣奥にぶちまけた。

終章

「いらっしゃいませ」

「こ、こんにちは……」

「まあ。ようこそ、春海さん」

春海が海鳥亭にやってきたのは、それから半年後のことだった。

世界がまっ赤に萌《も》える秋もたけなわのころ。

海鳥亭の森もまた、満開の紅葉が目の覚めるような美しさを見せつけながら海風に吹かれていた。

春海は客として宿にきた。

伴ってきたのは夫の田島裕弥である。人のよさそうな青年は、ニコニコと屈託なく笑ってあいさつをする。

そんな二人を、広瀬と凜子はフロントで出迎えた。

チラッと凜子の横顔を見る。笑顔になってこそいたが、彼女が緊張していることはいやというほどわかった。

「お久しぶりです、凜子さん」

春海は満面に笑みを浮かべて凜子に言った。凜子はそんな春海に、宿の女主人らしいなよやかな挙措で品よくお辞儀を返す。

「こちらこそ、ご無沙汰してしまいました」

「わあ。やっぱり映えるなぁ」

「えっ」

春海は一歩さがり、着物に身を包んだ凜子をしげしげと見た。

「いかにも上品な女将さんって感じ。素敵。ねえ、男のお客さん、増えたんじゃない、義兄さん」

からかうようにつっこまれ、広瀬は「えっ」と言葉につまる。

まだ凜子がここで働くようになってから日は浅いが、たしかに客たちは誰もが凜子を「女将さん、女将さん」とことのほか贔屓《ひいき》にしてくれた。

宿にとって、凜子はちょっとした福の神のような存在だ。あれほど閑古鳥が鳴いていたというのに、あれよあれよという間に海鳥亭は千客万来の様相を呈すようになっていた。

そういう意味では、まさに春海の指摘どおりなのだ。

「義兄さんも、ご無沙汰でした」

とまどって立ちつくす広瀬にも相好を崩し、春海が折り目正しく頭をさげる。

「い、いや、ようこそ海鳥亭へ。田島さんも、本当によくきてくれました」

「いえいえ、楽しみにしてうかがいました」

広瀬は春海に会釈を返し、夫の田島にも心からの歓迎の言葉を口にした。春海と田島は仲睦《なかむつ》まじげに目を見交わして笑い、チェックインの手続きをする。

(春海ちゃん、本当にきれいになった)

天真爛漫な魅力を発揮するはつらつとした春海に、広瀬は思わず微笑んだ。彼女が幸せに暮らしているらしいことは、夫との間に流れる親密な空気や、華やかさを増した持ち前の美貌からもよくわかる。

「…………」

広瀬は、春海とやりとりをする凜子を目を細めて見た。

凜子は晴れて、海鳥亭の正式な女将になっていた。二カ月前に籍を入れ、今では「広瀬凜子」の名前になっている。

もともと働き者だったが、ここに嫁いできてからも、凜子はそれこそ寝る間も惜しんで広瀬と宿につくしてくれた。

俺はつくづく果報者だと毎日のようにしみじみとしながら、広瀬はあわただしくも充実した毎日を凜子と過ごしていたのだった。

「あのときは……ほんとにごめんなさい、凜子さん」

手続きをしつつ、春海は小声で凜子に謝罪した。

「そんな……こちらこそいろいろとすみませんでした、春海さん」

凜子はあわててかぶりをふり、これまた深謝の言葉を返す。

照れくさそうに微笑み合う二人を見つめ、広瀬は鼻の奥がつんとなった。

こんな日が訪れてくれるとは望外の喜び。機会を作ってくれた春海と田島には礼を述べても述べつくせないほどだと思っている。

――お客さんとして、もう一度海鳥亭に行きたいの。夫と一緒に。

春海から突然そんな連絡をもらったのは、凜子と一緒になってひとつきほど経ったころだった。

それ以来、広瀬も凜子もいささか緊張しながらこの日を待ちつづけた。どんな再会になるかと考えると、不安な思いにとらわれもした。

だがどうやら幸福な方向に向かって、四人の時間は流れはじめてくれている。

「あら、きたわね」

すると、廊下の奥から陽気な声がした。

「きゃー。詩麻子さん」

ふり向いた春海は小躍りせんばかりに喜び、浴衣姿の占い師に駆けよった。

二人は手をとり合って再会を祝い、少女のようにキャーキャーとはしゃいでさっそくおしゃべりに興じる。

「おめでとう。ねえねえ、最高でしょ、ご主人との新婚生活」

「もーね、すべて詩麻子さんの言ったとおりでした。すごくいい人なの。私にはもったいないぐらい。裕ちゃん、このかたが詩麻子さん。話したよね、すごくよく当たる占い師さん」

田島は新妻に苦笑しながら、詩麻子とあいさつをし、春海が途中まで書いていた宿泊者カードのあとを引きとった。

広瀬と凜子は顔を見合わせ、クスッと笑った。

詩麻子もまた、数日前から投宿し、続々とやってくる信者のような客たちにあれこれと占いをしてやっていた。

昨日は仕事が終わると詩麻子に招かれ、彼女の泊まる部屋で遅くまで凜子と三人で飲んだ。

その結果、詩麻子にもじつはつらい過去があったことがわかった。

詩麻子には若いころ、強い絆《きずな》で結ばれていたひとりの男性がいた。

だが結局、結ばれることなく男性は早世してしまい、詩麻子は今でもそのことをずっと後悔していたのである。

それが、詩麻子が占いの道を志す原動力になった。

それ以来、彼女は男と女の愛のキューピッドになることを目的に、たくさんの客たちの鑑定を続け、多くのカップルをこの世に生み出してきたのである。

「聞いてる、春海ちゃん、今日は五人で宴会よ」

うれしそうに、詩麻子が春海に言った。

「聞いてます、聞いてます。もうね、それを楽しみにきたようなものなの」

春海は満面の笑顔とともに、ピョンピョンとその場で跳ねた。

「義兄さんと凜子さんが作ってくれるおいしい料理と、気持ちのいい温泉。でもって詩麻子さんまでいてくれて、みんなでお酒が飲めるだなんて夢みたい」

春海は自分を抱きすくめるポーズをとり、感きわまったように身悶えた。

そんな春海のかわいいふるまいに詩麻子が笑う。

凜子も笑う。

田島も広瀬も、大声で笑った。

凜子が幸せそうにこちらを見る。

広瀬は凜子にうんうんとうなずき、手続きを終えた春海たち夫婦を、さつきの間に案内するよう目配せをした。

凜子は大きくうなずいて、こっそりと目もとを拭った。


傾きかけた茜色の日差しが、森の紅葉をいっそう艶やかに染めていた。

世界はまっ赤だ。

燃えあがるかのようだった。

深まる秋が恋する男女を、潮風の中で祝福していた。

※この作品は、ジーウォーク紅文庫のために書き下ろされました。

紅文庫

しっぽり隠れ宿

庵《あん》乃《の》音人《おとひと》

2020年3月15日　第1刷発行

企画／松村由貴（大航海）
DTP／内田美由紀

編集人／田村耕士
発行人／日下部一成
発行所／ロングランドジェイ有限会社
発売元／株式会社ジーウォーク
〒153-0051 東京都目黒区上目黒1-16-8 Yファームビル6F
電話 03-6452-3118
FAX 03-6452-3110

印刷製本／中央精版印刷株式会社

ISBN978-4-86297-997-1

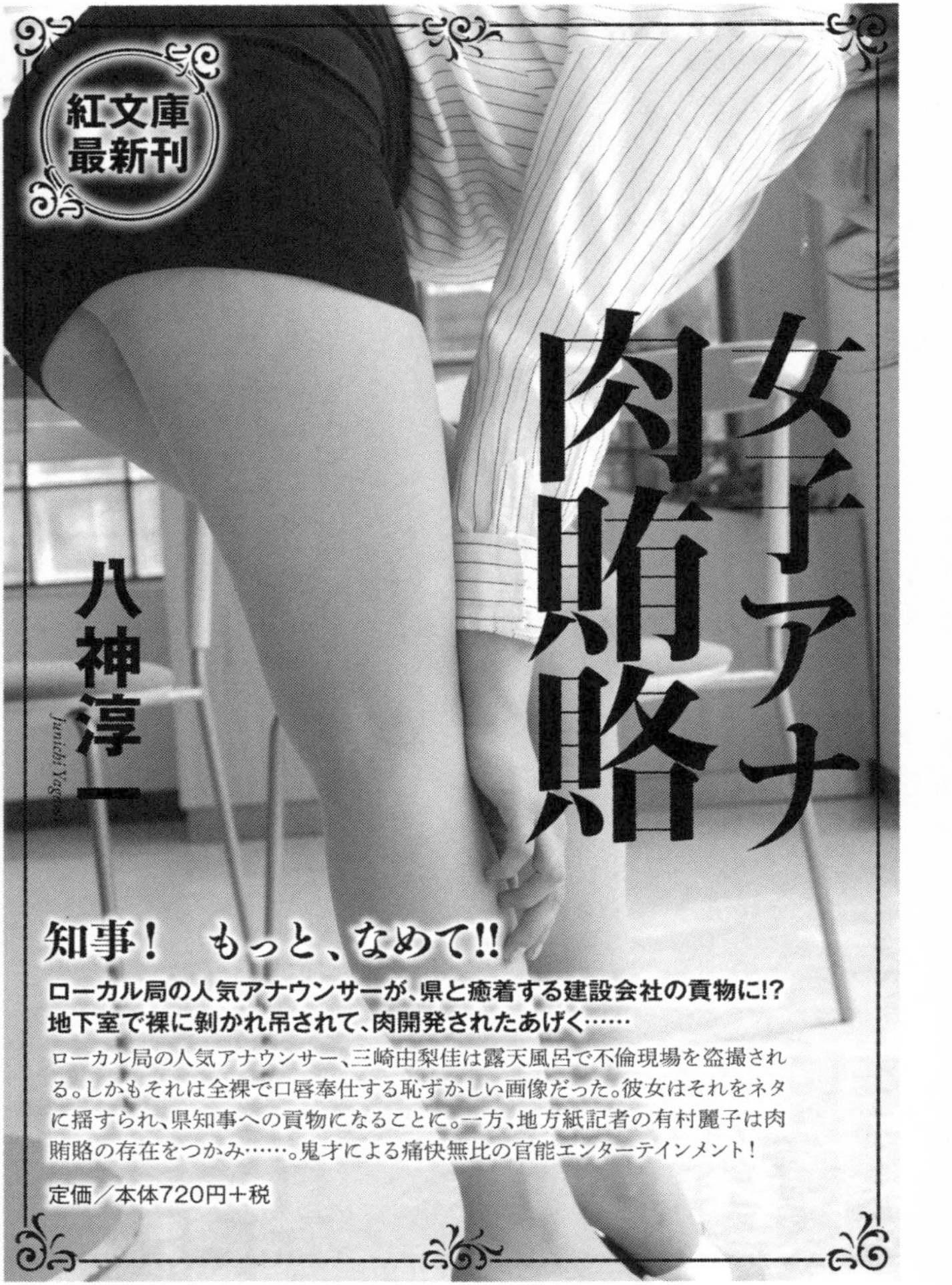
紅文庫
最新刊
女子アナ
肉賄賂
八神淳一
Junichi Yagami
知事！　もっと、なめて!!
ローカル局の人気アナウンサーが、県と癒着する建設会社の貢物に!?
地下室で裸に剝かれ吊されて、肉開発されたあげく……
ローカル局の人気アナウンサー、三崎由梨佳は露天風呂で不倫現場を盗撮される。しかもそれは全裸で口唇奉仕する恥ずかしい画像だった。彼女はそれをネタに揺すられ、県知事への貢物になることに。一方、地方紙記者の有村麗子は肉賄賂の存在をつかみ……。鬼才による痛快無比の官能エンターテインメント！
定価／本体720円＋税